마스터 K 20

김광수 현대 판타지 장편 소설

초판 1쇄 찍은 날 § 2014년 2월 25일
초판 1쇄 펴낸 날 § 2014년 3월 5일

지은이 § 김광수
펴낸이 § 서경석

편집부장 § 권태완
편집책임 § 이효남

펴낸곳 § 도서출판 청어람
등록번호 § 제1081-1-89호
등록일자 § 1999. 5. 31
어람번호 § 제1-1790호

주소 § 경기도 부천시 원미구 심곡2동 163-2 서경B/D 3F (우) 420—822
전화 § 032-656-4452 팩스 § 032-656-4453
http://www.chungeoram.com
E-mail § chungeorambook@daum.net

ISBN 978-89-251-3739-1 04810
ISBN 978-89-251-3073-6 (세트)

마스터 K

20

김광수 현대 판타지 장편 소설

FUSION FANTASTIC STORY

CONTENTS

제1장
어느 휴일 날의 메이저리그

"정말 올해는 예상치 못한 일이었습니다. 횡재를 한 셈이죠. 제 인생에 메이저리그 중계를 쉬지 않고 할 수 있는 날이 오다니 말입니다. 감개무량합니다."

"허일삼 해설위원만 그런 것은 아닐 겁니다. 모르긴 몰라도 야구팬들이 더 이 상황을 황당하게 여기지 않을까요."

"양상명 해설위원의 말이 맞을지도 모르겠습니다. 하하하."

"무척 즐거운 일입니다. 어제 짜릿한 승리를 거둔 류연진 선수의 활약으로 오랜만에 전 국민이 통쾌한 밤을 보냈습니다."

"네, 그렇습니다. 아직도 생각만 하면 심장이 놀랄 정도로 멋진 승리였습니다."

"연이어 이런 갑작스러운 중계를 하게 되리라고는 생각하지 못했습니다. 전혀 예상 밖의 선수가 오늘 메이저리그 첫 등판 무대를 갖게 되었습니다."

"예, 놀라운 일이 아닐 수 없습니다."

"과거 방찬호 선수가 첫 등판을 할 때만큼 심장이 두근거리는데요. 저만 느끼고 있는 것은 아닐 것으로 생각됩니다."

"한국 야구 역사상 요즘 같은 때는 없었습니다. 과거 방찬호 선수나 이병현 선수가 동시에 출격했을 때가 있긴 했지만 두 선수 모두 선발 라인업에 당당히 올랐던 경우는 드물었습니다."

"물론입니다. 앞으로도 이런 순간이 또 있을 거라고는 장담할 수 없을 것입니다."

"저 역시 양상명 해설위원의 말에 동감합니다."

"다른 것도 아니고 메이저리그 선발투수가 되는 일입니다. 그것도 한국 선수가 계약 후 고작 일주일 동안 마이너리그를 거쳐 메이저리그로 승격된 사건입니다."

"네, 이건 그야말로 사건입니다."

"아마 이런 경우는 처음이죠. 류연진 선수나 방찬호 선수처럼 직행하는 경우는 있었지만 마이너리그에서 고작 일주일을 뛰고 메이저리그로 승격된 경우는 없었습니다. 직행보다 더 어려운 일입니다."

"맞습니다. 양상명 해설위원의 말처럼 마이너리그에서 시작하는 선수들은 최소 반 년 이상 자신의 능력을 보여줘야 하는 과제를 안게 되지요. 그런 후에도 승격을 약속받을 수는 없습니다. 또 마이너리그 옵션이 걸려 있는 경우라면 메이저리그 승격이 더 난관에 부딪히기도 하고 말입니다. 트리플이나 더블의 강자들은 철저한 경쟁승부를 통해서만 승리의 왕관인 메이저리그 캡을 거머쥘 수 있습니다."

"허일삼 해설위원께서는 언제 연락을 받으셨습니까?"

"네, 저는 새벽 4시에 전화를 받았습니다."

"새벽에 연락을 받으셨군요."

"네, 살다 보니 그런 일도 생기는군요. 보통 새벽이나 밤 늦은 시간에 걸려오는 전화는 불길한 소식을 전해오는 경우가 많죠. 전화 소리만 들어도 뭔가 찝찝한 기분이 든다고 해야 하나요? 그런데 말입니다, 지난 꿈에 하늘을 날던 용이 제 품을 파고드는 꿈을 꾸었습니다. 늦둥이 태몽인 줄만 알았지 뭡니까, 하하하. 오늘 이렇게 예상치 못한 대사건이 저를 기다리고 있을 줄은 상상도 하지 못했습니다."

"하하하, 그런 일이 있으셨군요. 저는 동창 모임에 나가 주말 밤을 불태우다 불려왔습니다. 혹시 제가 말할 때 알코올 냄새가 살짝 나도 이해해 주십시오."

NBC 방송국에서 활약하고 있는 허일삼 해설위원과 양상명 야구 해설위원이 상기된 얼굴로 소식을 전하고 있었다.

스케줄에 잡혀 있지 않던 중계를 뜬금없이 맞게 되었다.

물론 소문은 익히 듣고 있었다.

이미 겨드랑이에 날개를 단 소문은 스포츠 관련 인사들에게 속속 전달되고 있는 상황.

마이너리그 트리플A 팀인 프레즈노 그리즐리스에서 활약 중인 한국인 투수에 관한 이야기들.

그는 드래곤 K라는 이름으로 불릴 만큼 존재감을 제대로 드러내고 있었다.

그런데 놀랍게도 그가 샌프란시스코 자이언츠의 선발투수로 지명되었다.

요즘 선발투수진이 붕괴되면서 동네북 신세가 되어버린 샌프란시스코 자이언츠.

아무리 그렇다 하더라도 메이저리그에 합류하기 위해서는 기본 실력이 필요했다.

개나 소나 다 가는 곳이 아닌 무대.

수십만 야구인들의 시선이 집중되는 곳으로 선택받은 자들만이 뛸 수 있는 축복의 마운드였다.

"그런데 말입니다. 이상하죠~"

"뭐가 이상하단 말씀입니까?"

"사실은 오늘 선발 예정인 강민 선수에 관한 자료가 거의 없습니다."

"아무래도 그럴 겁니다. 선수로서의 경력이나 자료 같은 있을 리가 없겠죠. 그는 3년 전 대한민국을 떠들썩하게 했던 여중생 납치 사건의 주인공으로 더 쉽게 국민들에게 느껴질 겁니다. 꼭 경력을 언급해야 한다면 한국 고등학교 재학 시절 교내 야구부 투수로 등록되면서 선발로 뛴 적이 있습니다."

"네, 맞습니다. 뿐만 아니라 골프부 선수로도 등록이 되어 있는가 하면 축구부에도 이름이 올라 있는 특이한 케이스의 선수죠."

"알면 알수록 엄청난 재능을 갖고 있는 선수입니다."

"네, 쉽게 받아들이기 힘든 경력들인 것만은 분명하죠."

"요즘 같이 전문화된 스포츠 세계에서는 한 가지 종목에서 두각을 보이는 것도 무척 힘듭니다. 물론 피나는 노력 끝에 정상을 밟게 되면 뒤따라오는 부와 명예를 거머쥘 수도 있습니다. 그 사실 때문에 재능은 물론 과학적 투자에 열정까지 한 세트로 묶여야 한 명의 이름 있는 선수를 발굴, 육성하려 애를 쓰기도 합니다."

"그렇죠. 한마디로 윈윈하는 거겠죠."

"강민 선수는 골프에 축구. 이번에는 야구에까지 재능을 보이고 있으니 그야말로 100년에 하나 날까 말까한 스포츠 천재가 아니겠습니까."

침을 튀겨가며 열변을 토하는 허일삼 해설위원.

당장 오늘 새벽에야 긴급 편성에 관한 전화 연락을 받았다.

예상 범위를 벗어나도 한참 벗어나 있는 오늘의 사건.

규칙적인 경기가 펼쳐지는 야구에서 이런 변칙적 상황은 이례적인 일이었다.

선수층이 다양한 메이저리그라 해도 대충은 누가 올라갈지는 예상이 되는 상황.

특출 난 능력을 갖고 있는 선수들은 스스로의 실력으로 그것을 증명했다.

그러나 이번에는 예외였다.

드래곤 K로 더 많이 불리고 있는 강민.

메이저리그 무대에 혜성같이 등장한 그의 갑작스러운 등판.

그는 분명 몇 년 전 국내 유명 고등학교 야구부가 출전한 경기에서 확실하게 흔적을 남긴 바 있는 인물이다.

야구 선수로서보다는 여중생을 조직폭력배들로부터 구해낸 용감한 소년으로 더 알려져 있는 강민.

그가 돌아왔다.

그것도 마이너리그에서 일주일 동안 확실하게 입지를 굳히고 곧바로 메이저리그 무대에 모습을 나타냈다.

스포츠를 휩쓸며 동분서주하던 그 어떤 전문가도 예상하

지 못했다.

물론 스포츠 전문 분야의 기자들도 방송국도 마찬가지.

가득이나 꺼져가던 불꽃이나 마찬가지였던 샌프란시스코 자이언츠에서 벌어지고 있는 일이었다.

메이저리그가 어떤 곳인가.

야구를 사랑하는 수억의 팬들이 성지로 여기는 곳이다.

메이저리그 무대에 족적을 남긴 선수는 그 자체만으로도 위대한 영웅이었고 영광의 주인공이었다.

특히 체구와 체력 조건이 뒤지는 동양 선수들의 약진은 더욱 더 주인공으로서 주목받게 했다.

"오늘 경기를 어떻게 예상하십니까? 갑작스러운 등판과는 어울리지 않을 만큼 강팀에 1선발 에이스와의 맞대결인데 말입니다."

허일삼 해설위원이 양상명 해설위원에게 물었다.

"그게… 참, 어려운 경기에 등판을 하게 됐습니다. 아무리 마이너리그에서 큰 활약을 보이며 이 자리에 섰다고는 하지만 오늘 만나게 될 팀은 누가 뭐라 해도 강팀입니다."

끄덕끄덕.

양상명 해설위원은 착잡한 표정으로 오늘 경기를 예상하는 허일삼 해설위원을 바라보았다.

"상대는 내셔널리그 동부에서 현재 1위에 올라 있는 뉴욕 메츠입니다."

"그렇죠……."

"더욱이 메츠의 선발은 벌써 8승을 올리고 있는 마이크 하비입니다. 1984년생으로 올해 연봉이 1162만 달러를 찍고 있죠. 1선발로서 좌완 에이스입니다. 2008 시즌부터 4년간 모두 15승을 달성한 메츠의 명실상부한 1선발투수인 셈이죠."

"저도 기억합니다. 엄청났었죠. 2010년에는 1953년 벨파넬 선수 이후 메츠에서 좌완으로 19승을 올린 유일한 투수가 아니겠습니까."

"네, 메츠에는 기적과 같은 선수라고 볼 수 있습니다. 암의 일종인 림프종 판단을 받고 난 이후에도 2008년 16승 6패 평균 자책점 3.21을 기록하면서 동시에 노히트 노런을 달성해 팬들에게 다시 한 번 감동을 선사했던 놀라운 선수입니다."

허일삼과 양상명 해설위원은 감동에 젖어 마이크 하비 칭찬을 아끼지 않았다.

"다저스의 커쇼급 정도 되는 좌완 투수를 상대하게 될 강민 선수의 메이저리그 첫 등판이 순조롭지만은 않을 것으로 보입니다."

"메츠 타선은 샌프란시스코 타선과 비교 자체가 불가능한 것 아니겠습니까."

"그렇게 볼 수도 있겠지요."

"시즌 타율이 3할 2푼대가 넘고 벌써 홈런 13개를 후려친 커크 라이트, 로버트 유칼리스, 케빈 다노까지 이어지는 중심 타선은 뉴욕 메츠의 올해 월드시리즈 직행 티켓을 마련하고 있는 원동력이라고 해도 과언이 아닌데 말입니다."

 "대단한 타선이죠. 사실 메츠 선발진이 3선발까지는 괜찮지만 나머지 하위 선발과 불펜진까지 그런 것은 아닙니다. 하부까지 안정적이지는 않은 편입니다. 그런데 결정적일 때마다 터져 주는 큰 것 한 방이 승리의 발판이 되고 있기는 합니다."

 "맞습니다. 역전승과 끝내기 승리가 많다는 점이 그 사실을 증명하는 셈이죠."

 "허일삼 해설위원께서는 그런 점에서 오늘 경기를 어떻게 예상하고 계십니까?"

 "저야… 마음 같아서는 강민 선수가 성공적인 데뷔 승을 거둬주길 바라고 있습니다. 생각만으로도 멋지지 않습니까. 하지만 메츠가 지금 샌프란시스코 자이언츠 원정 2연승을 달리고 있습니다. 그에 반해 샌프란시스코는 최근 4연패의 늪에 빠져 언제 헤어 나올지 모르는 상황에 놓여 있지요."

 "정확한 지적이십니다."

 "그제에 이어 어제까지 믿었던 앤서니 아펠트와 마크 범가너가 완패를 당하지 않았습니까? 3실점 이내의 괜찮은

투구이긴 했지만 물타선의 스톡포는 단 1점씩만 뽑아냈
죠."

"연이은 월드시리즈 2연패를 달성한 바 있는 구단임을
의심하게 하는 대목이기도 하지요. 올해 경기만 봐서는 과
거의 화려했던 경력을 의심하게 합니다. 아무리 우수한 선
수들이 FA로 풀려나갔다지만 팀 분위기가 이렇게까지 될
줄 누가 짐작이나 했겠습니까."

"과거와 달라진 점 중 하나 아니겠습니까. 자금 확보가
경쟁력이고 구단의 질을 결정짓는 시대임을 여실히 보여주
는 내용이지요. 투자에 소극적으로 대응하게 되면 바로 성
과로 나타나니 말입니다."

"안타까운 일입니다. 작년만 하더라도 이렇게까지 바닥
을 기지는 않았는데 말입니다."

"그렇게만 생각할 것도 아니라고 봅니다. 위기는 기회라
는 말도 있지 않습니까? 샌프란시스코 자이언츠의 경우 선
발뿐만 아니라 팀 전체가 총체적 난국에 빠져 있었다고 판
단됩니다. 상황이 그렇다 보니 이번에 마이너리그 선수들
에게 오늘과 같은 기호가 주어진 것이 아니겠습니까. 천금
과 같은 기회인 것이죠."

"하하, 허일삼 해설위원의 말이 맞는 것 같군요. 간혹 메
이저리그에 마이너리그 선수들이 투입되면서 팀이 재건되
는 경우가 있긴 하지요. 올해 샌프란시스코 자이언츠도 우

리의 강민 선수 등장으로 뭔가 새로운 변화를 꾀할 수도 있겠다는 생각이 강하게 듭니다."

"저도 그렇게 되기를 희망합니다. 강민 선수가 누구입니까? 저만 기억하고 있는 걸까요? 국민들 모두가 그를 영웅으로 기억하고 있을 겁니다. 분명 힘든 경기가 될 것입니다. 그가 학창시절 보였던 용기를 저는 잊을 수 없습니다. 오늘 역시 대단한 사건을 터뜨려 주길 기대해 봅니다."

객관적 전력으로 평가했을 때 도저히 승리를 거두기 힘든 오늘의 경기.

다른 방법이 없는 샌프란시스코 구단 수뇌부는 강민을 콜업해 불러올렸다.

텔레비전에서 떠들어 대는 해설위원들의 말처럼 힘든 경기가 될 것이다.

하지만 구단 측 역시 간절히 바라면 이루어진다는 그 식상한 믿음을 붙들어보기로 한 것이다.

"기대? 크크크. 이 양반들아~ 틀렸어. 우리 민이가 어떤 녀석인데. 그까짓 놈들 어쩌지 못할까 봐 걱정이야?"

장기남이 텔레비전에 시선을 고정한 채 혼잣말을 내뱉었다.

"건달놈들 들고 설친 사시미에도 눈 하나 깜짝 안 하던 민이인데… 맨손으로 깡패놈들 때려잡던 설악산 산신령 수

제라 이 말씀이지. 내 장담하건대 두고 보라고. 분명히 오늘 대박치고 말지!"

어깨를 으씩 끌어올렸다 내리며 눈에 힘을 주었다.

"여보~ 시작했어요?"

주방 안쪽에서 강영자 여사가 큰소리로 물었다.

"강 여사~ 막걸리 꺼내놨어. 파전 한 장만 가져오면 되겠소."

"호호, 다 돼가요. 이게 웬 횡재래요~"

오랜만에 휴일 아침부터 부산한 장씨 패밀리의 집안에 생기가 돌았다.

언제나 화기애애한 가족들이지만 오늘은 한층 더 집안 분위기가 흥분돼 있었다.

이른 새벽부터 골프 약속을 위해 서둘렀던 장기남.

속보로 전해진 메이저리그 중계에 골프 약속을 펑크 내고 주저앉았다.

물론 한참 전에 약속된 골프 회동이었던 만큼 친구들로부터 욕을 바가지로 얻어먹었지만 상관없었다.

눈 하나 까딱하지 않고 강 여사와 아침부터 파전에 막걸리까지 준비했다.

미국으로 건너간 지 얼마 되지 않아 야구 선수로 이름을 날린 강민.

고작 일주일 정도가 지났을 뿐인데 메이저리거가 되었다.

그것도 볼펜 투수 정도가 아닌 선발투수로 오늘 경기에 등판한다.

우승까지 못한다 해도 가문의 영광이었다.

특히 국내 야구팬들에게 한국인으로서 메이저리그 도전기는 그 자체만으로도 대단한 이슈였다.

욕을 퍼붓던 친구들도 데리고 있던 녀석의 메이저리그 데뷔 경기 얘기를 듣고는 입을 다물었다.

그것도 당장 오늘 경기 선발투수가 아닌가.

장기남은 강민의 소식을 듣자마자 세아와 세라의 외출을 막았다.

물론 떠밀며 내보내려고 해도 함께 중계방송을 시청할 두 딸이었다.

간만에 온 식구가 휴일을 함께 보내게 됐다.

골프나 다른 약속들은 다른 날 다시 잡으면 되었다.

비단 강민의 데뷔전이 아니어도 한국 선수의 메이저리그 첫 등판은 수년에 한 번 볼까 말까한 희귀한 경기다.

"호호, 넌 역시 나의 영웅다워~"

늘어지게 휴일 아침 늦잠을 자고 일어난 장세아.

흐뜨러진 머리를 잡아 올려 하나로 질끈 묶으며 욕실에서 걸어 나왔다.

이제 막 세수를 한 얼굴은 촉촉하고 탱탱해 보였다.

웬만해서는 나이 들어가는 게 보이지 않는 방부제 피부.

내로라하는 피부 관리 숍을 다닌 보람이 있었다.

"세아 너도 한잔할래?"

장기남이 가벼운 걸음으로 다가오는 세아를 향해 말을 건넸다.

"당연하죠~ 아빠. 이런 날 민이 응원하며 한잔하는 거~ 누나로서 당연한 의무죠~"

"자, 여기 앉아라. 녀석, 아무리 봐도 기특하단 말이야."

연분홍 트레이닝복을 위아래로 맞춰 입은 장세아.

장기남이 가리킨 자리에 와 앉았다.

최근에 교체한 거실의 대형 텔레비전.

화면을 가득 채우며 샌프란시스코 자이언츠 AT&T 파크 전경이 비춰졌다.

경기장 상단에 설치된 중계 카메라에 잡히는 광경.

우측 담장 너머의 시원한 바다가 바로 눈앞에서 바라보는 풍경처럼 시원하게 눈에 들어왔다.

"아빠~ 여름휴가는 꽤 럭셔리하겠죠? 민이 덕분에 샌프란시스코에서 환상적인 야경을 보게 될 거예요."

"그래~ 샌프란시스코가 여름에는 아주 시원하지. 가면 미국에 사는 친구들 불러 모아 골프나 한판 제대로 쳐야겠다."

"당신은 골프 생각밖에 없어요~?"

강 여사가 큼지막한 접시를 들고 나왔다.

"엄마, 차이나타운 요리들이 그렇게 맛있다고 하던데…
이번에 가면 맛집 기행이나 해봐야겠어요~"

쪽파와 오징어, 굴이 알차게 섞인 해물파전.

계란 노른자를 깨뜨려 색깔까지 완벽하게 어우러진 대형
해물 파전이 온 집 안에 입맛 도는 기름 냄새를 풍겼다.

정오가 다 되어가는 휴일의 시간, 여유로움이 물씬 풍겼
다.

평소 아침 겸 점심으로 한끼를 해결하던 장씨 패밀리.

파전에 막걸리를 차려놓고 화기애애함이 넘쳤다.

갑작스럽게 긴급 편성된 중계.

강민의 메이저리그 첫 등판 무대.

"미국의 국가가 끝났습니다. 곧 선수들 소개가 이어지고
나면 바로 경기가 시작되겠습니다."

약간은 흥분한 듯한 아나운서의 목소리가 이어졌다.

"오오! 시작한다!"

"아우~ 유니폼 입은 민이는 또 얼마나 멋질까?"

"내 가슴이 왜 이렇게 설레니~"

강 여사가 몸을 살짝 비틀며 하이톤으로 말했다.

"뉘 집에서 데려갈지 몰라도 진짜 저만한 사윗감이 없
지."

"엄마~ 기다려 봐. 내가 사고 제대로 한 번 칠 테니까~
호호호."

"제~발 그렇게 해다오~"

강 여사는 장세아의 말을 듣는 둥 마는 둥 텔레비전에 시선을 고정한 채 소녀처럼 설레어하고 있었다.

"여보, 한잔 받으시오. 당신도 한잔해야지."

"물론이죠~"

푸른 사발 그릇 하나를 강 여사에게 건네며 장기남이 막걸리 병을 집어 들었다.

우아하고 고상한 분위기를 연출하는 와인보다 탁주를 즐기는 장씨 패밀리.

요즘은 가끔 가족들과 둘러 앉아 통닭에 시원한 맥주를 한잔 나누는 것을 즐겼다.

스르륵.

뒤에서 조용히 방문 열리는 소리가 들렸다.

장세라가 가만히 모습을 드러냈다.

며칠 남지 않은 수능에 최선을 다하고 있는 장세라.

아직 학교를 정하지 않아 수시 지원을 하지 않고 있었다.

야구에는 도통 관심이 없는 장세라.

가만히 다가와 텔레비전 앞에 자리를 잡았다.

아무 말 없이 소파에 걸터앉아 경건한 눈빛으로 화명을 응시했다.

"오, 우리 세라. 너도 한잔할래?"

"어허! 세아야. 막나가는 딸은 너 하나면 족하다~"

"어머어머, 엄마! 무슨 말씀을 그렇게~ 난 막나가는 게 아니라 인생 제대로 즐길 줄 아는 사람이라구요~ 지극히 모범적이죠."

"모범? 내 딸이지만… 얼굴 참 두껍구나."

장세아의 능청스러운 대답에 고개를 절레절레 젓는 강 여사.

체조를 하던 선수 생활 때와 달리 일반인으로 돌아오고 나서 한참을 방황했던 세아의 과거.

마치 텔레비전에 나오는 비행 청소년처럼 문제아 냄새를 꽤 풍겼었다.

당시에는 지켜보는 일 외에는 달리 다른 방법이 없었다.

가뜩이나 부상으로 인한 선수 생활의 끝을 맞은 장세아.

그때 세상이 무너지는 듯한 심정을 맛봤을 세아에게 그 어떤 말도 위로가 될 수 없었다.

클럽을 전전하며 시간을 보냈던 장세아.

매일 술에 절어 밤늦게 귀가했다.

하지만 언젠가는 다시 본래의 자신을 되찾을 거라 믿었던 강 여사.

믿었던 만큼 조용히 지켜볼 수 있었다.

성인이 된 이후의 방황이었기 때문에 더 마음이 복잡했었다.

자칫 더 큰 일탈로 남은 인생을 망가뜨릴 수도 있었지만 세아의 방황까지도 존중했다.

방황의 시간은 길지 않았다.

다시 가족들의 품으로 돌아왔던 장세아.

몸에 진하게 배인 술과 담배 냄새들이 가시고 졸업 후 당당하게 한국 고등학교 체조 코치로 부임했다.

순전히 자신의 자발적인 힘으로 이뤄낸 성과였다.

중간에 이성문제가 있었던 것 같았지만 잘 견뎌냈다.

강 여사도 겪었던 사랑의 열병.

그 나이 때면 한 번은 누구나 겪고 가야 할 과정이라고 여겼다.

더 이상 깊이 묻지 않았다.

"엄마, 요즘은 착한 게 자랑이 아니야~ 적당히 뻔뻔해야 한다구. 자기 것을 지키려면 큰소리도 낼 줄 알아야 해."

"네네~ 어련하시겠어요~ 선생님."

"그러니까~ 엄마도 선생님께 배울 건 배워야 한다고~ 호호."

한 입 가득 해물파전을 밀어 넣고 오물거리는 장세아.

강 여사를 바라보는 그녀의 표정에 장난스러운 웃음이 눈에 가득했다.

"강민 선수가 마운드에 섰군요. 꽤 듬직한 모습입니다!"

"몸도 풀지 않고 바로 올라온 것 같지요?"

"하하, 류연진 선수처럼 연습 투구도 계산되는 것은 아닐

까요?"

중계 해설위원들이 현장 상황을 전했다.

"오오! 시작한다."

"민아! 제대로 보여줘라! 누나가 미국 가면 이 따스한 가슴으로 꽉 안아줄게~"

장세아가 자신의 가슴을 두어 차례 두들기며 혼잣말을 내뱉었다.

"여보, 자 한 잔 가득 따라봐. 속이 바짝바짝 타는군."

장기남이 사발을 강 여사 앞으로 내밀었다.

일제히 텔레비전 중계 방송에 몰입했다.

마치 타국에 보내놓은 피붙이가 성공해 텔레비전에 모습을 보인 듯한 분위기였다.

온 마음과 열의를 다해 강민을 응원하기에 나선 장씨 패밀리.

소파에 꼿꼿하게 앉아 두 손을 맞잡은 장세라.

거의 기도하는 소녀가 따로 없었다.

"와아! 저 사람이 우리 학교 선배라고?"

"그렇다니까~ 3년 전 신입생 때 거의 전설로 불렸대."

"전설? 그런데 왜 우린 모르지?"

"소문에 들으니까 입학하고 석 달 만에 소리 없이 사라졌대. 너 기억 안 나? 그때 여중생 납치당한 거 구해준 그 남

학생 말이야."

"그건 나도 알아. 그게 뭐."

"……."

"아! 맞아! 이제 생각났다!"

한국 고등학교 교내에 있는 휴게실이 소란스러워졌다.

삼삼오오 모여 강민에 관한 얘기로 떠들썩했다.

"진짜 대단하다. 메이저리그 선발투수라니."

"믿거나 말거나지만 우리 학교 입학 당시 이미 5개 국어가 가능했대. 그것도 아주 유창했다던데……."

"검정고시 출신이라던데?"

"맞아, 나도 들었어. 딱 한 문제 틀렸다고 했어."

믿을 수 없다는 듯한 눈빛의 학생들은 자신들이 알고 있는 강민에 관한 얘기들을 하나씩 꺼내놓았다.

"5개 국어? 도대체 머리가 얼마나 좋은 거야?"

"못 들었어? 선생님이 그러는데 170인가 180 정도 됐다고 그러던데."

"쳇, 그건 말도 안 돼! 아인슈타인이 180이었다고."

"난 들은 얘기야. 그리고 대한민국 최고 아이큐를 가진 천재가 210인데… 그럼 아인슈타인보다 높은 거잖아?"

주말이라 대체로 조용한 학교.

일부러 학교에 나와 공부를 보충하던 학생들이 휴게실에 모여 텔레비전을 시청했다.

한국 고등학교를 정식으로 졸업한 선배는 아니지만 익히 소문으로 들어 알고 있던 강민의 메이저리그 첫 경기.

또로록.

소란스러운 휴게소 분위기와 달리 조용하게 가라앉은 공간에 찻잔을 채우는 맑은 소리가 퍼졌다.

문 밖에서 들려오는 학생들의 목소리에 차은지의 마음에도 파장이 일었다.

휴일임에도 학교에 출근해 있던 차은지.

심신을 맑게 정화시켜주는 지리산 야생 작설차를 내렸다.

정갈한 마음으로 차 한 잔을 내리는 그녀의 모습은 여전했다.

현재까지도 한국 고등학교 내 대표 미녀 선생님으로 꼽히고 있는 차은지.

"자! 이제 경기가 시작됐습니다!"

"네, 긴장되는 순간입니다!"

"강민 선수, 포수와 사인을 주고받고 있군요."

"경기 시작 전에 모자를 벗어 심판과 관중들을 향해 인사를 하는 모습이 과거 방찬호 선수를 보는 듯했습니다. 자랑스러운 순간이 아닐 수 없습니다."

"동방예의지국의 자랑스러운 청년의 모습이죠. 아름다운 모습입니다."

티 테이블 위에 조심스럽게 세워놓은 스마트폰.

작은 화면을 통해 야구 중계를 시청하고 있었다.

경기 중계를 맡은 해설위원들의 목소리는 이미 격앙돼 있었다.

"민… 해내겠죠…….'"

한국 고등학교 재학시절에도 말을 놓을 수 없었던 강민.

이미 그 당시에도 그의 눈빛에는 나이에 맞지 않은 역경의 시간과 삶에 대한 노련함이 한껏 배어 있었다.

충분히 한 사람으로 존중받을 만한 성품을 갖추고 있었던 학생이었다.

말이 좋아 나이와 신분을 떠난 친구 관계였다.

차은지는 당시 자신이 강민에게 얼마나 솔직하지 못했었는지 시간이 지날수록 절감하고 있었다.

하지만 모든 것은 역시 흘러가 버린 강물과 같았다.

시간은 쉼 없이 흘렀다.

차은지가 품었던 감정도 어느새 진정되었다.

출국하기 전 차은지를 잊지 않고 찾아왔던 강민.

누가 봐도 멋있는 남자가 되어버린 그 때 그 소년.

마음이 따듯했었던 그는 여전히 차은지의 마음을 흔들었다.

이렇게 작은 화면을 통해 그의 소식을 접할 수 있는 것만으로도 좋았다.

사라져 버렸던 지난 3년 동안에도 떠올리기만 해도 입가에 미소가 지어졌었다.

그만큼 밝은 영혼을 가졌던 강민.

"…당신은 해낼 거예요."

이 순간 세계의 모든 이들이 그를 주목하고 있을 것이다.

모든 별들의 제왕이 되어주길 바랐다.

그는 차은지가 유일하게 인정하게 된 친구였다.

펑!

투수가 직구를 던졌다.

포수의 미트 정중앙에 그대로 꽂혀 든 공.

100마일.

대형 전광판에 커다랗게 나타난 숫자다.

"와아아아아아아아아아아아아!"

기다렸다는 듯 터지는 엄청난 함성이 경기장을 가득 채웠다.

"K! K! K! K! K!

"배, 백마일이다! 으아아아아아아!"

"대단하군요. 투수라면 모두가 꿈꾸는 상황 아니겠습니까. 그 꿈을 방금 강민 선수가 이루었습니다."

"뉴욕 메츠의 베테랑 1루수인 데릭 곰스의 표정 보셨습니까. 한복판으로 꽂혀드는 직구를 멍하니 바라만 봤습니다."

"정교한 타격과 직구에 강하다는 평가를 받고 있는 선수죠. 이거 강민 선수의 일격에 이대로 무너지는 겁니까."

"마치 허수아비처럼 서 있었습니다. 대단합니다, 강민 선수."

중계 아나운서들마저 흥분을 감추지 못하고 있었다.

객관적인 평가와 판단은 이미 물 건너간 듯했다.

"레츠 고 자이언츠! 레츠 고 자이언츠!"

"드래곤~ K! 드래곤~ K!"

관중석은 자제력을 잃은 팬들로 난리가 났다.

"들리십니까? 강민 선수를 연호하는 이 엄청난 함성 말입니다!"

"이제 단 1구를 던졌을 뿐입니다. 이미 홈팀 팬들을 사로잡은 것 같죠?"

"트리플 A에서 강민 선수를 지칭하던 이름이죠. 드래곤 K를 외치는 관중석은 마치 폭풍이 휘몰아치는 것 같군요."

"사실 샌프란시스코 자이언츠에 쓸 만한 선수들이 부족했었던 건 알만 한 사람들은 다 알고 있었습니다. 하지만 이렇게 혜성같이 신예가 등장하며 자이언츠의 구세주가 될 줄은 아무도 예견하지 못했을 겁니다."

"구단의 갈증을 해소시켰다기보다 팬들의 갈증을 확실하게 해소시켜 줬다고 봐야겠죠."

"첫 승부구였습니다! 정말 엄청나군요. 메이저리그 한국

투수 역사상 처음 100마일의 공을 던졌습니다! 가슴 뿌듯한 이 순간을 뭐라고 표현해야 할지 모르겠군요."

"아마도 오늘 대단한 일이 벌어지지 않을까 싶습니다. 100마일의 강속구뿐만 아니라 종속에서 보였던 현란한 무브먼트는 예술 그 자체였습니다. 강민 선수의 강속구를 쳐낼 수 있는 타자가 있을까요."

중계를 맡은 해설위원 두 사람은 번갈아 엉덩이를 들썩거리며 흥분을 감추지 못했다.

메이저리그에서도 보기 힘든 100마일의 강속구.

구속뿐만 아니라 볼 끝도 거칠어 타자들이 정확하게 공을 맞추기 힘들었다.

물론 마이너리그에도 100마일을 가뿐하게 넘기는 구력을 갖고 있는 괴물 투수들이 상당히 존재했다.

하지만 제구와 공 끝이 죽어 있어 빛을 보지 못하는 경우가 허다했다.

구속이 떨어져도 공이 묵직하고 꼬리가 살아 있는 구력이라면 메이저리그에서 충분히 통했다.

그런 면에서 강민이 구사하는 구질은 모든 걸 갖추고 있었다.

첫 1구였지만 그것을 지켜본 프로들의 눈은 정확하게 그 가치를 평가했다.

"허일삼 해설위원께서는 어떻게 보십니까. 첫 구에 이런 반응이라면 강민 선수가 맺었다는 그 허무맹랑한 계약 조건들이 엄청난 파장을 일으키는 것 아니겠습니까?"

양상명 해설위원이 격양된 목소리로 물었다.

"그렇게 되겠지요. 저도 처음 그 계약 조건들에 대한 세부 사항을 소문으로 들었을 때 기가 차서 말이 안 나왔으니까요."

"맞습니다. 말도 안 되는 조건들이라고 저도 생각했습니다."

"계약금 100만 달러를 받는 것까지는 그렇다 치지만 나머지 계약 조건에 따른 옵션 사항들은 사실 말도 안 되는 내용 아니겠습니까."

"파격 그 자체였지요."

허일삼 해설위원과 양상명 해설위원은 서로 눈을 맞추며 강민의 계약 사항에 대해 이야기를 나누었다.

"시청자 여러분, 아마 저희 얘기가 잘 이해가 가지 않으실 겁니다. 방송국에서 입수한 강민 선수 계약 자료를 근거로 말씀드리자면 오늘처럼 강민 선수가 선발로 출전할 때의 얘기입니다. 7이닝 이상 2점 이하로 우승을 하게 되면 100만 달러를 보너스로 받게 된다는 내용입니다."

"그뿐이겠습니까, 아마 시청자 분들이 이 깜짝 놀랄 만한 이야기를 처음 듣고 계실 겁니다. 홈런은 한 방에 1만 달러, 그리고 누적된 홈런이 20홈런을 기록하게 되면 다시 100만 달러를 보너스로 지급받게 된다고 합니다."

"더 놀라운 것은 그 다음부터입니다. 그 뒤로 얻게 되는 홈런은 1홈런 당 10만 달러씩 올라가게 됩니다. 엄청나죠?"

"아직 강민 선수가 제시했다는 계약 내용이 끝난 것이 아닙니다. 100타석 이상에서 4할 대의 타율을 확보하게 되도 100만 달러의 보너스가 붙습니다. 5할의 타율을 찍게 되면 무려 300만 달러입니다. 강민 선수가 움직이는 족족 단위가 달라지는 엄청난 옵션 사항들 아니겠습니까?"

"네, 맞습니다. 그냥 지나가는 게 하나도 없다고 보시면 되겠습니다. 도루마저도 10개 이상 시 1개 당 1만 달러의 추가 보너스가 붙는다고 하니 더 이상 말할 필요가 없지 않겠습니까."

"중간 계투 시에도 1이닝 당 무실점 시 1만 달러의 보너스를 지급받는 조항이 있다고 합니다. 만일 역전을 거두게 될 때는 또 다시 보너스가 지급된다고도 하죠. 상상해 보십시오. 모든 요소에 보너스 조건이 걸려 있는 것입니다. 하물며 안타와 타점, 득점에 따라서도 보너스가 추가된다는 내용입니다. 정말 대단합니다."

"저희도 계약서 내용을 오늘 아침에서야 알게 되었습니다만… 강민 선수, 눈으로 보고도 믿기 어려운 상황 아니겠습니까. 100마일의 강속구를 던진 것만큼이나 말입니다."

"어떻습니까, 양상명 해설위원. 한때 선수 생활을 했었는데… 이런 말도 안 되는 계약이 가능하다고 보십니까?"

허일삼 해설위원은 양상명 해설위원을 돌아보며 물었다.

"당연히 불가능한 일이죠. 다들 아시겠지만 투수는 특히 예민한 메커니즘으로 구성된 정밀한 기계와 비교됩니다."

"그렇지요."

"선발 출전 시 보통 100여 개의 공을 뿌리는데 이때 팔 근육들이 미세하게 파열되고 염증이 생깁니다. 그런 상태에서 최소 4, 5일 정도의 휴식이 필요하게 됩니다."

"그렇다면 강민 선수의 계약 조건은 그것을 무시하고 있다고 보면 되겠군요."

"예, 맞습니다. 강민 선수는 선발투수뿐만 아니라 중간 계투와 마무리까지. 거기에 더해 다음 경기 타석까지 서겠다는 겁니다."

"하하, 강민 선수의 무모한 도전일까요. 아니면 강속구만큼 패기 넘치는 자신감일까요. 이 모든 것이 믿을 수 없군요."

"네, 강민 선수. 다시 포수와 사인을 주고받고 있군요. 2 구를 준비하고 있습니다."

"신중합니다. 설마 또 직구일까요?"

"데릭 곰스 같은 베테랑을 상대로 두 번째 공까지 같은 구질로 던지기란 쉽지 않을 겁니다."

정확한 동작으로 와인드업 자세를 취하는 강민.

현장 중계가 아닌 스튜디오 중계 상황이었음에도 불구하고 해설위원들마저 전송되는 화면에 집중했다.

야구팬들도 마찬가지.

평소라면 절대 나올 수 없는 일요일 오전 11시의 시청률.

순간 시청률이 20프로에 육박할 정도로 반향을 불러일으키고 있었다.

중계방송을 시청하고 있는 모든 사람들의 시선이 강민의 두 번째 공을 향해 있었다.

쇄애애앳.

와인드업을 마치고 힘차게 공을 뿌리는 강민.

퍼어어엉!

이번에도 정확하게 포수 미트 속으로 꽂혀들며 묵직한 파열음을 뿜었다.

"허억!"

"배, 백일 마일……."

시속 160킬로가 넘는 구속이다.

거뜬하게 첫 구를 넘는 구속에 해설위원들도 할 말을 잃었다.

"보, 보셨습니까? 같은 코스였습니다. 그대로 집어넣는군요."

"오오오오오! 이번에도 데릭 곰스가 공을 놓쳤습니다."

멍하니 날아오는 공을 쳐다만 보고 있다 두 번째 공까지 흘려버린 데릭 곰스.

"어떻게 된 겁니까, 데릭 곰스. 예상을 깨고 있습니다."

"완벽하게 타이밍을 빼앗긴 것 같지요? 또 두 번째 공까지 같은 코스로 던질 거라고 예상하지 못한 것 같습니다."

"저렇게 완벽한 제구력과 뱀직구를 누가 쳐낼 수 있을까요?"

"전설의 베이비 루스는 가능할까요?"

"강민 선수의 공을 그가 쳐낼 수 있을 거라는 확신은 들지 않는군요."

"이 순간의 감동을 어떻게 표현해야 할지 모르겠습니다. 과거 방찬호 선수도 이뤄내지 못했던 핵폭탄급 직구를 던진 강민 선수! 오늘 이 메이저리그 경기에서 또 한 명의 전설적인 인물이 탄생하는 것을 볼 수 있기를 기대합니다."

"야구를 사랑하시는 국민 여러분, 오늘 방송을 결코 놓치지 마십시오! 장담하건대 오늘 경기는 평생 다시 볼 수 없는 명경기가 될 것입니다. 30년 야구 인생을 살아온 제 이름을 걸고 약속드립니다!"

허일삼 해설위원은 벅찬 감동을 감추지 못하고 목이 메었다.

여느 휴일과는 사뭇 다른 일요일의 낮 시간.

야구 해설을 맡은 사람들마저 감정적인 컨트롤이 되지

않는 상황이 벌어지고 있었다.

전국이 메이저리그 중계에 집중해 있는 시간.

대한민국 오지 중의 오지로 꼽힐 만한 설악산 능선의 어느 골짜기.

인적 드문 깊은 산중에도 열혈 시청자가 한 명 있었으니 그는 바로 양 도사였다.

"크크크……."

두툼하고 폭신한 보류 위에 편안한 자세로 강민에 관한 세세한 내용을 전해 듣고 있었다.

허연 수염을 배꼽까지 늘어뜨리고 누운 자태.

열린 방문으로 새어 들어오는 6월의 산바람.

설악산의 기운을 한껏 묻혀 오는 산들바람을 온몸으로 만끽했다.

늙은 노인의 손이라고는 믿기 어려운 반지르르한 손가락으로 긴 수염을 턱부터 훑어 내렸다.

손등에는 굵은 주름 하나 발견할 수 없었고 얼굴 피부 역시 꿀을 바른 듯 맑고 깨끗했다.

정갈하고 깨끗한 의복.

광택이 자르르 흐르는 새하얀 도사복이 인간 세상에서는 보기 힘든 선풍도골의 도인 그 자체였다.

다만 그간의 도사들 이미지와 달리 입가에 번지는 미소가 달랐다.

자칫 사악하기까지 해 보이는 웃음이 옥의 티처럼 번졌다.

　"강민 선수! 이대로 간다면 올해 10승만 올려도 무려 1,000만 달러를 벌어들이게 되는 건가요?"

　"마이너리그에서도 동일하게 적용되는 옵션이라고 알고 있습니다. 확인해 봐야겠지만… 이미 100만 달러는 벌어놓고 시작한다고 봐야겠지요."

　"하하, 그렇군요. 잘하면 메이저리그 무대에서도 최고 연봉자가 될 수도 있겠습니다."

　"그것만 있는 게 아닙니다. 부수적인 수익까지 생각하면 엄청난 보너스를 받게 되죠."

　"맞습니다. 티셔츠 판매 수익금 배분이 전체의 몇 퍼센트인지는 모르지만 적은 금액이 아닐 겁니다."

　"정말 대단합니다."

　"네, 엄청나죠."

　두 번째 투구 역시 완벽한 구질을 보이자 강민에 관한 구체적인 계약 사항들을 나열하기 시작했다.

　거의가 강민이 받게 될 보너스, 그러니까 돈 문제를 리얼하게 얘기했다.

　"옛 성현의 말씀에 가빈친로(家貧親老)라 했다. 집안이 기울고 어버이가 늙으면 마땅히 내키지 않는다 해도 벼슬을 얻어 보양하는 것이 당연한 처사……."

양 도사는 흡족한 미소를 지으며 중계방송 앵커들이 하는 말을 한마디도 놓치지 않았다.

"민아… 너에게 있어 어버이와 같은 이가 나 말고 또 누가 있겠느냐……. 흐흐흐."

스윽스윽.

좀 더 깊어진 눈빛으로 화면을 채우고 있는 강민을 바라보았다.

윤기가 흐르는 손가락이 허연 수염을 연신 훑어 내렸다.

맑고 깊은 두 눈동자는 선한 광채를 띠었지만 묘한 기운이 눈 주변으로 일렁였다.

"사는 맛은 이 세상에 있는 법……. 임팩트가 있어야지. 많은 욕심 없다……. 한 100년 정도만 봉양할 생각하거라. 그사이 너도 나이가 들고 그럴싸한 제자 한 놈 건사하면 노후는 걱정 없을 것이다."

천상에 올라 상제와 뭇 선녀들의 시중을 받는 삶도 나쁘지 않았다.

매일 음주가무를 즐기고 질 좋은 서비스와 음식들로 시간을 보내면 되었다.

하지만 이 풍진 세상만큼 스펙터클한 재미는 눈 씻고 찾아봐도 찾아볼 수가 없는 곳이다.

몇 번을 생각해 봐도 모든 것이 충족되는 무료한 천상보다 거친 파도가 치는 이승이 좋았다.

잘 키운 제자 열 자식 부럽지 않았다.

이 정도 되면 늙은 노구 기름칠하며 살아주는 것도 제자를 위해서 좋은 방편이었다.

갈고 닦은 것들을 펼치며 살게 하고 어버이와 같은 스승을 봉양하며 보람을 느끼게 해주고 싶었다.

퍼어어어엉!

"삼진! 삼진입니다!"

"굉장하군요! 마지막 구속은 102마일을 찍습니다! 마치 구속을 컨트롤하고 있는 것처럼 보입니다. 1구마다 1마일씩 추가하는 강민 선수! 메이저리그 첫 경기 첫 타자를 직구만으로 삼진 아웃을 뽑아냅니다!"

중계 아나운서들은 호들갑에 가까운 흥분 상태를 보였다.

그들의 두 눈은 왕방울만큼 커졌다.

투수는 물론 야구인이라면 누구나 꿈꾸는 메이저리그 무대.

그중에서도 첫 등판.

그야말로 평생 기억에 남을 첫 경험이 따로 없었다.

또한 선구안이 좋은 1번 타자를 직구만으로 삼진 아웃시켰다는 것만큼 짜릿한 승부도 없었다.

띠띠띠띠.

방바닥에 놓아둔 최신형 스마트폰을 집어 들었다.

그리고 몇 개의 번호를 눌러 확인하고 가볍게 통화 버튼을 터치했다.

띠리리리리 띠리리리리.

상대편 전화 신호음이 들렸다.

잠시 뒤.

"사백님!"

"그래, 나다."

"그동안 별래무양하시었습니까."

"별일은 없고 내 부탁이 있어서 전화했다."

"말씀만 하십시오."

"비행기 좀 보내라."

마치 콜택시를 부르는 듯한 태도를 보이는 양 도사.

"사, 사백님. 그 말씀은……."

"내 말하지 않았더냐. 출장 한 번 간다고… 쯔쯔쯧."

그때가 되었다.

"바로 준비하겠습니다! 주소를 알려주시면 여권 처리를 위해 직원을 보내겠습니다."

전화를 받은 상대 남성은 갑작스러운 양 도사의 말에 마음이 급해졌다.

"그건 걱정하지 않아도 된다. 내 이틀 전에 새 주민등록증과 여권을 발급받았다."

"아, 네. 그러셨습니까. 그럼 바로 비행기 보내겠습니다."

"구금산 알지? 내 그곳으로 갈 테니 그리 알고 며칠 쉴 만한 곳도 마련해 두거라."

"샌프란시스코 말씀이십니까? 그곳으로 정하신 연유가 있으십니까?"

중국에서 구금산이라 불리는 샌프란시스코의 지명.

"네 사제가 그곳에서 큰 사업(?)을 하고 있다."

"네? 제 사제가요?"

양 도사의 말에 크게 놀라는 듯 다시 묻는 전화기 너머의 남성.

하버드대 수학과 종신교수이자 썬테크놀러지 회장을 역임하고 있는 인물이었다.

미국 내 100대 유명인 중 한 명으로 양 도사의 둘도 없는 제자였다.

샌프란시스코에서 큰 사업을 하고 있는 사람이라면 사제가 아니어도 본인은 알고 있어야 했다.

더구나 양 도사는 그가 알지도 못하는 사제 얘기를 하고 있었다.

"그렇게 알고 양양국제공항으로 보내거라."

본인 할 말만 하는 짧은 통고.

"사백님 뜻에 따르겠습니다."

앞뒤 정황을 길게 설명해 주는 체질이 아닌 양 도사.

그 성품을 잘 알고 있는 남성은 양 도사의 의중을 재빨리 파악했다.

스승님이 입적하기 전 남성에 그토록 강조하고 다짐을 받았던 일이 떠올랐다.

살아생전에도 늘 입에 달고 지내셨던 말이었다.

절대 살아서든 죽어서든 양 도사의 심기를 건드리지 말라 했다.

옥황상제도 포기한 성질이라고 말이다.

띠릭.

목적한 바를 확인한 양 도사는 다른 말없이 종료 버튼을 눌렀다.

"K! K! K!"

텔레비전 화면을 가득 채운 강민의 모습.

마침 두 번째 타자가 헛방망이질을 한 장면이 리플레이 되고 있었다.

철저하게 계산된 듯한 강민의 투구.

그런 강민을 향해 미국의 야구팬들은 열광하고 있었다.

하나같이 K를 연호하는 관중석의 모습은 축제 분위기를 연상케 했다.

"잘 키웠어. 내가 제자 보는 눈은 있지……. 나도 이만하면 쉴 때가 됐고……."

놀아본 놈이 논다고 세상도 살아본 사람이 사는 법이다.

세상 유람도 하면서 편안하게 여생을 보낼 생각을 하니

여한이 없었다.

100년을 살았어도 삶에 대한 미련은 아직 남아 있었다.

스스로 죽기를 자처하지 않는 한 세상은 살아볼 만한 가치가 있었다.

다시 한 번 남은 여생에 대한 욕심이 고개를 들었다.

이는 선계에서는 결코 맛볼 수 없는 천만 가지의 세상 사는 맛을 아는 자만이 부릴 수 있는 욕심이었다.

아예 이번 생에 뽕을 뽑을 생각이다.

양 도사는 스스로를 되돌아보았다.

열과 성의를 다해 키워 놓은 제자 강민.

이제는 그 수확을 눈앞에 두고 있었다.

등골에 제대로 빨대를 꽂을 것이다.

설악산 산자락에서 시원한 바람이 불어왔다.

새하얀 수염이 살랑살랑 부는 바람에 너울너울 날렸다.

제2장
진정한 동료

mhsk

"K! K! K! K!"

"으아아~! K 들려? 너를 부르는 팬들의 이 함성 말이야?"

1회 초 수비가 막 끝났다.

덕아웃으로 들어서자 잭 윌리엄이 포수 장비를 벗으며 감동 100배에 벅찬 목소리를 물었다.

'뭘 이 정도 가지고⋯⋯. 흠흠.'

당연히 이 정도는 예상했었던 메이저리그 데뷔전이다.

트리플A에서 상대했던 타자들의 수준과 크게 다르지 않게 느껴졌다.

물론 심장은 뛰었다.

그러나 내가 던진 공을 칠 수 있는 타자는 드물 것이다.

굳이 내공을 끌어올리지 않더라도 충분히 승산을 볼 수 있을 것 같았다.

이유는 단련해 놓은 근육.

내 몸임에도 한계를 뛰어넘는 근육 조직력은 이번 경기를 충분히 소화해낼 수 있었다.

이 역시 설악산 노가다 생활 6년의 결실이 아닐 수 없었다.

또한 장생신선술을 수련해 놓은 덕분에 보통 사람들의 체력과는 차원을 달리하고 있기도 하다.

방금 끝난 수비에서도 나의 잠재된 실력을 다 드러내지는 않았다.

아직은 이르다는 생각이 들었다.

어쩌면 끝까지 나의 실력을 100퍼센트 드러내지 않을 수도 있다.

감동을 받는 것 역시 중독되게 돼 있다.

흔한 감동은 앞마당에 굴러다니는 개똥 취급을 받게 되는 법이다.

짧다면 짧은 6개월의 시간.

그 시간 동안 야구팬들이 나의 매력에 흠뻑 빠질 수 있도록 조절이 필요했다.

말 그대로 이벤트가 필요하다는 말이다.

"K, 고맙다! 넌 나의 파파보다 더 고마운 사람이야!"

잭 윌리엄이 다시 말을 건넸다.

어릴 때 자신과 어머니를 버리고 곁을 떠났다는 잭 윌리엄의 아버지.

그럼에도 세상에 태어나게 해준 것이 고맙다고 말한 적이 있었다.

비교를 해도 참 거시기한 내용에 비교를 하고 있는 잭 윌리엄.

그만큼 자신의 감정을 나에게 전하고 싶었던 것이리라.

메이저리그가 처음은 아니었지만 다시 무대에 설 수 있을 거라고 생각지 못했던 그였다.

나의 콜업 소식을 듣고 눈물을 글썽였던 잭 윌리엄.

진심으로 나의 메이저리그 출전을 축하해 주었다.

사실 팀 내에서 아낌없는 격려와 친절을 베풀어 주었던 잭과의 헤어짐이 아쉬웠다.

대신 투수의 콜업 시 전담 포수를 지명해 함께 움직일 수 있다는 정보를 이용했다.

밥 마리오 감독에게 요청해 잭을 전담 포수로 지명했다.

처음부터 쉬울 거라고는 생각지 않았지만 의외로 간단하게 승낙이 떨어졌다.

크릭 헤스톤의 경우 완치 판정을 받을 게 빤했다.

그의 콜업은 당연한 수순.

그렇게 눈물을 보이며 아쉬워했던 잭과 나는 함께 샌프란시스코행 비행기에 올랐다.

"어제 잡아준 배팅 자세, 잊지 않았죠?"

"물론!"

나는 잭 윌리엄의 타석에서의 배팅 자세를 체크했다.

"그동안 버거 먹다 체한 것처럼 답답했었는데……. 가슴이 확 뚫릴 만큼 시원한 조언이었다."

"하체에 힘이 잔뜩 실리기 때문에 어깨가 늦게 열리는 겁니다. 틈이 나는 대로 쉬지 말고 제가 알려드린 응용 동작을 연습하세요."

잭 윌리엄의 어깨는 충분히 쓸 만했다.

만져본 바에 의하면 아직까지 근육 양과 체력면에서 선수생활을 어느 정도 유지할 수 있었다.

잭 윌리엄은 욕심이 과한 경향이 있었다.

때문에 하체와 배트에 힘이 가득 들어갔다.

그렇게 되면서 어깨와 하체의 힘 균형이 언밸런스해지면서 본래 실력을 십분 발휘하지 못하게 되는 결과를 초래했다.

그래서 어제 호텔에 도착하자마자 잭 윌리엄의 어깨 근육을 중점적으로 풀어주었다.

동양인들이 많이 거주하는 샌프란시스코 출신의 잭 윌

리엄.

안마가 좋다는 것을 잘 알고 있었다.

부분 안마에 그치지 않고 풀 서비스로 제공된 안마 시술.

그동안 알게 모르게 망가져 있던 근육들.

장생신선술 중 치료술을 통해 낭창낭창한 본래 근육의 탄력을 되찾아 놓았다.

동시에 장생신선술 응용 동작 중 하나를 전수해 주었다.

하체와 상체 밸런스를 자연스럽게 찾아주는 동작이다.

점프를 하며 하체와 상체를 뒤틀어 돌리는 것이다.

장소의 장애를 받지 않고 어디서나 쉽게 할 수 있는 효과 만점의 운동이다.

"헤이, 루키! 소문으로 듣던 것보다 대단했어~"

팀 내 트레이너가 어깨 위에 얼음찜질 팩을 막 올려놓았을 때였다.

맞은편에서 반가운 목소리로 말을 걸어오는 선수가 눈에 들어왔다.

'벳 케인…….'

연봉 2,000만 달러의 사나이였다.

그야말로 자이언츠의 명실상부한 에이스.

신장은 나보다 살짝 더 길었고 덩치 또한 컸다.

대충 봐도 100킬로급은 충분히 돼 보였다.

전형적인 미국 백인으로 스타일이 만만치 않았다.

얼굴 중에서도 유난히 큰 코가 복스럽게 생겼고 입술과 눈매는 옆으로 길게 찢어져 시원시원한 인상을 주었다.

대한민국 스타일로 말하면 빠지는 것 없이 야무지게 생겼다.

메이저리그 무대에서 여섯 번째로 많은 이닝을 소화하면서 여태 부상 한 번 없는 선수로 강골이다.

또 팀 역사상 최초의 퍼펙트게임을 달성한 선수로 샌프란시스코 자이언츠의 상징적인 투수였다.

"잭~ 오랜만이야~"

"그, 그래……. 몇 달만이네."

지나가는 말을 던지고 곧장 잭 윌리엄을 아는 체하며 다가갔다.

올 봄 스프링 캠프 때까지만 해도 두 사람은 함께했을 것이다.

투수의 연습구를 받아줄 포수는 언제나 필요했다.

하지만 연봉 2,000만 달러를 호가하는 몸값의 벳 케인과는 비교할 수 없는 투수 잭 윌리엄의 처지.

환한 달빛 아래 궁둥이에 불을 밝히고 열심히 나는 반딧불이 신세가 잭 윌리엄의 현실이었다.

찍찍.

벳 케인이 고개를 살짝 돌리며 이 사이로 침을 찍 뱉었다.

'잭……. 조금만 기다려요……. 침 좀 뱉게 해줄 테니까…….'

잭의 어깨는 살짝 움츠러져 있었다.

야구 선수들의 침 뱉기.

간이 제법 배 밖으로 나와야 팀원 그 누구의 눈치도 보지 않고 찍찍 침을 뱉을 수 있었다.

한국 고등학교 재학 시절 야구부에서의 시간.

감히 감독과 선배들 앞에서 벳 케인처럼 침을 뱉을 간 큰 선수는 없었다.

나름 동방예의지국의 후예로서의 면모였다.

그러나 이곳은 메이저리그.

2천 년도에 공식전을 치룬 샌프란시스코 자이언츠 홈구장.

아직은 깨끗하고 환경이 상쾌했다.

프레즈노와 라스베이거스는 비교도 할 수 없을 만큼 아름다운 바다를 끼고 있는 도시의 풍경.

특히 야구장 우측 펜스 너머가 바로 항만이었다.

바다에서 불어온 시원한 바람이 경기를 하는 동안 더위를 식혀주었다.

하지만 그런 것 따위는 전혀 아랑곳하지 않고 앉은 자리에서나 걸음을 옮길 때나 침을 함부로 뱉는 선수들.

씹는 담배와 해바라기씨는 물론 수십 개의 입이 한꺼번

에 뱉어대는 침으로 바닥은 엉망이었다.

상황이 이래도 어느 누구가 선수들을 터치하는 일은 없었다.

벤치 한쪽에 앉아 중얼거리며 기도문을 읊는 남미 선수.

눈을 감은 채 명상에 잠겨 있는 조용한 투수.

지난 밤 술파티라도 벌인 듯 숨을 쉴 때마다 알코올 냄새가 풍기는 외야수까지.

생긴 대로 시간을 채우고 있었다.

나름 최고의 선수들이 모인 자리.

스스로 빛나는 별들답게 자신의 가치를 올리고 책임지는 것도 각자의 몫이었다.

그야말로 타율과 간섭은 이곳 메이저리그에서 어울리지 않는 단어였다.

"루키, 직구가 완전 마술 수준이던데. 어떻게 그렇게 휘어진 채 나갈 수 있지? 나도 아직 던져보지 못한 마구였어."

아예 샌프란시스코에 뼈를 묻을 심산으로 장기 계약을 체결했다는 벳 케인.

그의 눈빛에서 경쟁심 같은 종류의 열의는 찾아보기 어려웠다.

차라리 가진 자의 여유 같은 게 보인다고 할까.

잘나가는 전성기와 평생 먹고 살 만큼의 부를 움켜쥔 메이저리그의 대선배였다.

불과 몇 시간 전만 해도 마이너리그 선수들과 함께 했었던 나였다.

그들은 햄버거 하나에도 자존심을 내려놓고 처절한 궁기를 보였다.

"그렇게까지 봐주시다니… 감사합니다."

초면임에도 후한 평가를 해왔다.

지난 밤 기습적으로 이동해 왔기 때문에 팀 내 선수들의 얼굴을 익힐 시간이 없었다.

긴급 배정받은 호텔에 투숙해서도 잭 윌리엄의 떨리는 메이저리그 진출기를 들어줘야 했다.

구단에 도착한 시간은 오전 11시.

제시카가 함께하지 못한 게 좀 아쉬웠다.

가장 먼저 마주친 사람은 오라이언 사빈 단장이었다.

다루스 보치 감독이 자리를 함께했다.

느낌상 오라이언 사빈 단장은 나의 콜업을 탐탁지 않게 생각하는 듯했다.

선수 계약 건 때문에 남미로 출장을 떠난 제시카가 함께 있었다면 사빈 단장의 태도가 달라졌을 수도 있었을 것이다.

승격 소식 역시 제시카를 통해 들었다.

가장 먼저 소식을 알려주며 기쁨을 전해왔다.

코치들까지 소개를 마친 뒤 유니폼을 전달받았다.

비어 있던 등번호 88번.

마이너리그에서 썼던 번호 그대로 메이저리그에서도 쓰게 됐다.

락커룸도 배정받았다.

역시 신입이라 가장 구석진 자리에 위치한 라커룸이었지만 큼지막하고 깔끔했다.

오래되고 캐캐한 냄새에 절어 있던 마이너리그 구장의 락커룸과는 환경이 많이 달랐다.

천장에 매립된 환기구에서는 신선한 공기가 공급되고 있었다.

점심 때 제공됐던 식사 역시 소문처럼 제대로였다.

전속 요리사가 배속되어 있다고 하더니 사실이었다.

부드러운 최상급 스테이크를 비롯해 각종 신선한 샐러드가 선수들 식단을 채웠다.

닭요리에 거위 간 요리까지 나왔다.

특급 호텔 메뉴와 차이가 없는 메이저리그의 럭셔리 식단.

한국에서 온 나만을 위해 특별히 준비했다는 매콤한 닭볶음탕과 김치까지 식탁에 올라와 있었다.

"잘 부탁해! 타석에서도 제법이라던데. 내 차례에 대타로 한 번 뛰어줘! 밥 한번 살게~"

벳 케인은 전혀 농담 같지 않은 제안을 해왔다.

최근 2점 이하의 방어율을 보이고 있었지만 승수를 챙기기 힘들었다고 했다.

샌프란시스코 자이언츠는 타선이 엉망이 되면서 점수 내기가 벅찼을 것이다.

내가 투수임을 분명히 알고 있을 텐데 타석 대타로 나서 달라고 할 정도면 더 말할 필요가 없었다.

"영광입니다."

어찌 되었든 벳 케인은 대선배.

먼저 호감을 보이며 다가와 주는 이를 경계할 필요는 없었다.

"오늘 기대하겠어! 힘 좀 써 보라고."

주변 선수들을 쓰윽 훑어보며 눈치를 보냈다.

전체적인 분위기는 침체되어 보였다.

그들이 보는 나는 루키.

새로 선수들이 합류했음에도 시큰둥한 반응들만 보이고 있었다.

물에 젖은 솜처럼 축 가라앉아 있는 자이언츠 벤치.

타석에 선 선수들에게서도 이번 경기를 이기겠다는 투지 따위는 전혀 찾아볼 수가 없었다.

보고 있는 사람까지 기운 빠지게 할 정도였다.

아무리 봐도 지난 2년 동안 월드시리즈를 거머쥐었던 강

팀이었다는 게 믿기지 않았다.

연봉 순위는 메이저리그 상위권에 집중돼 있는 선수들이었지만 밥값도 못하고 있었다.

투수들 어깨에서 힘 빼기 딱 좋은 환경이었다.

"최선을 다하겠습니다."

기본적인 대꾸만 할 뿐이었다.

벳 케인의 목소리가 덕아웃을 몇 차례 울리자 그제야 곁눈질로 힐끔거리며 시선을 주는 선수들.

분명 나와 벳 케인이 마주보고 얘기를 나누고 있었음에도 나를 알아보지 못했다.

'아직 존재감이 희박하군…….'

나는 곧 이곳을 지배하리라 다짐했다.

샌프란시스코 자이언츠에 합류한 이상 승부에서 패배를 맛보지는 않을 것이다.

물론 이들 역시 나와 함께하는 동안 패배 따위는 맛보지 않아도 되었다.

지금부터는 앞만 보고 달려도 시간이 모자랄 것이다.

고고! 렛츠 고 정신으로 무장을 해야 한다.

"그럼 수고해~"

툭툭.

벳 케인은 이전부터 나와 친분이 있었던 것처럼 자연스럽게 어깨를 쳤다.

"우와~ 벳 케인이 먼저 아는 체를 다하고."

"원래 성격이 저런 거 아닙니까?"

"뭔 소리야? 벳 케인이? 아니~"

"……."

"저 정도 되면 연봉 낮은 애들하고는 상대도 안 해!"

대한민국의 살만한 동네에서 집 평수와 부모님이 타고 다니는 차종으로 인격까지 판단한다는 아이들 얘기나 이곳 메이저리그나 다를 바가 없었다.

"그래요?"

"K, 네가 인물은 인물인가 보다. 다른 선수도 아니고 팀의 중심인 벳 케인이 먼저 아는 체를 해오고 말이야."

잭 윌리엄은 오버하는 눈빛으로 나를 바라보았다.

거의 존경한다는 듯한 눈치다.

퍼엉!

"스트라이크!"

주심이 조용한 목소리로 스트라이크를 선언했다.

1회 말 수비에 나선 뉴욕 메츠.

선발로 나선 투수 마이크 하비가 힘껏 공을 뿌렸고 전광판에 99마일이 찍혔다.

"공이 좋네요."

"당연하지. 메츠의 전설적인 투수잖아. 그것도 좌완이 99마일을 던진다면… 우완투수의 100마일 넘는 공과 비교

될 만해."

공이 끌고 가는 궤적이 끝까지 좋았다.

괜히 메츠의 1선발이 아니었다.

깔끔하게 면도를 해 다듬은 턱선.

기품이 넘치는 텍사스 사나이의 모습이 엿보였다.

쉬이잇.

퍼엉!

"스트라이크!"

마이크 하비의 두 번째 공이 다시 스트라이크 존을 통과했다.

"어, 엄청난! 고속 슬라이더……."

샌프란시스코 자이언츠의 1번 타차 루겔 파건.

날아오는 공에 순간 몸이 움찔했지만 배트가 나가지 않았다.

'…쫄았다.'

제법 실력이 있다는 타자였건만 몸이 굳었다.

지난 2년 동안의 메이저리그 우승을 이끈 핵심 멤버 중 한 명이었다.

순간 파워는 약해도 선구안과 타격감이 좋아 출루율이 메이저리그 탑 10에 들 정도였다.

그러나 오늘 임자를 잘못 만났다.

뉴욕 메츠의 1선발 마이크 하비.

거짓말 안 보태고 공 끝이 거의 지랄 승천할 정도로 더러웠다.

"어려운 공이 아니에요. 공을 놓치지 말고 잘 보고 있다가 마지막까지 기다린 후 살짝 밀어 치면 됩니다."

"K, 난 네가 아니야. 이제 늙어서 다리 힘도 예전 같지 않다구."

"제가 알려드린 운동을 꾸준히 하세요. 앞으로 5년은 거뜬히 메이저리그에서 놀 수 있습니다."

"그게 정말이야?"

"믿어 보세요. 돈벼락 맞을 겁니다."

"그, 그래! 난 K 너를 처음 봤을 때부터 믿었지. 그건 확실해! 하하하."

약간은 어색한 웃음을 날리는 잭 윌리엄.

얼떨결에 나와 함께 마이너리그를 벗어났지만 제대로 된 실력을 보이지 못하면 언제 다시 쫓겨나게 될지 모른다.

지금은 샌프란시스코 자이언츠 선수진이 엉망이라 그렇지 잭이 포수 미트를 쓸 만큼의 레벨은 아니었다.

반면 잭이 위축되지 않고 제 실력을 화끈하게 발휘한다면 주전 포수가 될 수도 있었다.

"해바라기씨 드실래요?"

"먹고 싶어? 내가 가져올게. 갓 구워 나온 햇 씨앗처럼 완전 싱싱해!"

마이너리그 최고봉이라는 트리플A에서도 구경 못해봤던 최고급 간식들.

그 흔한 바나나도 일반 바나나가 아니었다.

제대로 숙성되어 입 안에 착 붙는 찰기와 쫀득함이 남달랐다.

그뿐인가.

빵도 식빵부터 시작해 바게트, 간단하지만 속이 꽉 찬 핫도그까지.

그밖에도 여러 가지가 준비되어 있었다.

'최선을 다해 보자.'

오늘 중으로 제시카가 숙소를 계약해 놓기로 했다.

경기가 끝나고 난 뒤 쉴 수 있는 시간은 충분했다.

설악산에서 목숨을 부지하기 위해 한겨울 약초 체취도 마다하지 않았던 그때처럼 오늘 경기도 최선을 다할 것이다.

언제나 최선을 다하면 미련도 후회도 없는 법.

퍼엉!

"아웃!"

1회 초 타자 세 명을 연속 삼구 삼진시켜 버린 나에게 복수라도 하는 듯한 마이크 하비의 투구.

보란 듯이 자이언츠 1번 타자 루겔 파건을 요리해 버렸다.

'역시… 에이스답군.'

인정할 것은 쿨하게 인정하고 넘어가야 했다.

설악산에서 이리 뛰고 저리 뛰었던 나와 달리 제대로 된 훈련과 경력으로 버텨온 메이저리거들.

"으으, 차원이 달라."

아웃으로 타석에서 내려오는 루겔 파건을 바라보며 잭 윌리엄이 파르르 몸을 떨었다.

"흐흐, 그래도 다행이야."

"뭐가요?"

"내가 오늘 뉴욕 메츠 타자가 아니란 사실 말이야. 게다가 너와 한 팀이란 사실……."

찡긋.

무슨 소린가 하고 바라보는 나를 향해 윙크를 날리는 잭 윌리엄.

"!!!"

"오늘 쟤들 똥줄 좀 탈 거야. K, 네 바람난 드래곤 같은 마구를 한 번 보여줘! 아마 저치들 배트를 부러뜨려 버리고 싶어질 거야. 크크크."

더없이 사악해 보이는 잭 윌리엄의 미소.

씨익.

대답 대신 입 꼬리를 올리며 미소를 날렸다.

마이크 하비가 던진 공은 분명 대단했다.

하지만 나의 진격을 막을 수는 없을 것이다.

내 꿈은 메이저리그에서 배를 채우는 게 아니다.

전무후무한 스포츠계의 영원한 강자.

적어도 천 년 정도는 그 누구도 뒤를 따라잡을 수 없을 만큼의 전설이 돼 보는 것이다.

그것이 바로 내가 꿈꾸는 미래였다.

"스트라이크 아웃! 대단합니다! 3회 초 수비까지 완벽하게 퍼펙트로 막고 있는 강민 선수입니다!"

"엄청나군요! 볼도 없습니다. 애매한 스트라이크 존도 아닙니다! 정확히 중앙을 기점으로 공 몇 개 정도만 비켜나는 승부구만 던지고 있습니다!"

"뉴욕 메츠 타자들 방망이가 요즘 물이 올랐는데 전혀 히팅 포인트를 찾지 못하고 있습니다. 겨우 파울 두 개만 쳐내고 있는 뉴욕 메츠의 타자들입니다."

"허일삼 해설위원님이 보시기에 저 공을 칠 수 있는 타자가 메이저리그에 몇 명이나 될 것 같습니까?"

"아마도 오늘 같은 구질이라면 겨우 한두 명 정도 가능하지 않겠습니까? 포심과 투심, 슬라이더만으로 완벽하게 상대 타자들을 압도하고 있습니다. 양 해설위원님도 보시면 아시겠지만 공 끝이 공격하는 뱀꼬리처럼 살아 움직입니다. 구속만 빠른 게 아니라 종속이 더 살아있어 타자들이 타격점을 찾지 못하고 있습니다!"

"그에 맞서는 마이크 하비 선수도 요즘 보기 드문 완벽 투구를 선보이고 있습니다. 여섯 명의 타자 모두 삼자 범퇴로 처리했습니다."

"투수들 간에 명승부가 펼쳐지고 있습니다. 오늘 같은 경우라면 1점차 승부가 될 수도 있겠습니다."

"정말 대단한 실력들입니다. 두 선수 모두 직구와 슬라이더 각도가 예술적 경기까지 올라와 있습니다."

"그래서 강민 선수가 더 대단한 겁니다. 메이저리그 선발, 그중에서도 각 팀을 대표하는 에이스들은 명실상부한 메이저리그의 간판 투수들입니다. 그 투수들 중에서도 손에 꼽히는 좌완 투수의 또 다른 전설로 불리는 마이크 하비 선수를 상대로 역투를 펼치고 있습니다. 아니 구속과 슬라이더 각도 모두 다 월등하다고 보여집니다."

"하하, 마이크 하비 선수가 예상치 못한 복병을 만나고 말았습니다. 자이언츠를 상대로 3연접 스윕을 달성하려던 메츠 구단 입장에서도 한 방 얻어맞는 격이 됐습니다."

"그렇죠. 올해 월드시리즈 우승을 노리고 있던 메츠의 고급 전력이 발목을 잡힐 수 있습니다. 내셔널리그 동부지구에서 애틀란타 브레이브스, 워싱턴 내셔널스, 뉴욕 메츠까지 세 팀이 초반에 불꽃 튀는 승부를 펼치고 있습니다. 한 게임이 아쉬운 순간에 패하게 된다면 순위에서 밀려날 수도 있습니다."

오랜만에 해설위원들은 흥이 났다.

메이저리그 선발투수가 된 강민 선수의 소식만으로도 감동이었다.

하지만 더 나아가 뉴욕 메츠의 간판 투수를 물 먹이고 있는 괴물 같은 강민의 투구 능력이 그 이상의 감동을 주고 있었다.

지금은 뉴욕 메츠를 걱정하는 단계까지 와 있었다.

따악!

"아! 아쉽군요! 3루 쪽을 기습 강타하는 타구였는데 말입니다. 3루수 루웰이 멋지게 처리합니다."

"이제 잭 윌리엄 다음 타선이 강민 선수 차례입니다."

"네, 잭 윌리엄 선수가 나오고 있군요. 마이너리그 베테랑이라 불리는 포수지만 메이저리그 성적은 참 엉망이었습니다."

"제가 기억하기로 3년 전 마지막 메이저리그 승격 후 15타수 1안타의 방망이를 휘두르다 백업 요원도 되지 못하고 다시 강등된 걸로 알고 있는데요."

"예, 저도 그렇게 알고 있습니다."

"프레즈노 팀에서는 잭의 방망이가 통했다고 하지만 이곳은 메이저리그가 아니겠습니까? 메이저리그에만 오면 주인집 안방에 들어간 마당쇠처럼 힘을 쓰지 못하던 잭 윌리엄인데 이번에는 어떨지 모르겠습니다."

"하하, 표현이 제대로인데요~."

120킬로그램이 훌쩍 넘을 정도의 거구.

허벅지가 뭇 여성의 허리둘레를 넘길 만큼 굵은 그는 마이너리그의 베테랑 포수였다.

과거 메이저리그를 주름잡던 맥과이어 포수와 덩치는 비슷했지만 힘쓰는 것은 영 딴판이었다.

스윗 스윗.

타석에 나와 발을 이리저리 구르며 방망이를 휘두르는 잭.

나름 타격자세를 잡고 있었다.

"잭 윌리엄이 타석에서 죽는다고 해도 강민 선수 타격까지는 돌아가니 다행입니다."

"가장 좋은 시나리오는 잭 윌리엄 선수가 안타라도 하나 쳐 주는 것이겠죠. 뒤이어 강민 선수가 타점을 올릴 수 있으며 더 바랄 게 없겠지요."

"무리한 욕심은 아니겠지요? 3회까지 퍼펙트 경기를 펼치고 있는 강민 선수에게 타점까지 바라는 게 말입니다. 이건 야구 슈퍼맨을 기대하는 것과 같은 수준일 겁니다."

"가능하다고 생각됩니다. 야구라는 게 변수가 있어서 더 멋진 한 편의 드라마가 될 수 있는 것 아니겠습니까."

주거니 받거니 의견을 나누는 두 해설위원.

강민 선수는 다른 선수들처럼 손에 땀을 쥐게 하지는 않았다.

야구를 잘 알지 못하는 사람이 봐도 완벽에 가까운 제구를 선보이고 있었다.

포수의 미트 속으로 빨려들며 꿈틀거리는 공.

화면에 잡히는 장면만으로도 환상이었다.

쇄애애앳.

따악!

"헛!"

"아!"

잭 윌리엄이 초구를 힘껏 밀어 쳤고 경쾌한 타격음이 울렸다.

"안타! 안타입니다!"

"1, 2루를 빠져나가는 깔끔한 안타입니다. 포수 잭 윌리엄이 쳐냈습니다."

"스윙 폼이 아주 부드럽군요. 히팅 포인트도 제대로 맞췄습니다."

"슬러이더를 저렇게 밀어칠 수 있는 타자가 드문 편인데… 대단합니다."

"이제 계획대로 되는 겁니까? 강민 선수가 안타만 하나 더 뽑아준다면 이거 예상 밖의 결과가 나올 수도 있겠습니다."

"과연 예상 밖의 결과일까요?"

"강민 선수의 활약을 기대해 보겠습니다."

"타자들을 믿을 수 없는 상황입니다. 강민 선수가 직접 타점을 만들어 승리 투수가 된다면 그 또한 역사에 남을 일이 될 겁니다."

"K! K! K!"

"드래곤 K!!!"

"오! 저 함성이 들리십니까? 강민 선수를 지칭하는 이름을 연호하고 있습니다!"

"짧게 머물며 제대로 활약한 마이너리그 프레즈노에서 얻어온 이름이죠? 역시 네트워크의 발달이 무섭군요."

중계 화면을 통해 전송된 현지 관중들의 표정.

관중석 곳곳을 잡은 카메라 화면을 통해 열광하는 관중들의 모습이 그대로 전해졌다.

주말인 것을 감안하더라도 4만석이 넘는 경기장이 가득 찬 것은 오랜만의 일이었다.

거의 홈팬들이 자리를 메운 관중석은 중독성 짙은 K라는 이름이 사방으로 번지고 있었다.

"기대가 됩니다. 마이너리그에서 그 실력을 인정받아 콜업된 강민 선수가 아닙니까?"

"대단했죠. 비록 몇 경기 뛰지 않았지만 프레즈노 그리즐리스를 연승 행진하도록 만들었죠. 그게 바로 다 강민 선수의 작품이 아니겠습니까."

"마음 같아서는 큰 거 한 방 터뜨려 줬으면 하는 바람입니다만……."

부웅 부웅.

마침 타석에 올라선 강민은 가볍게 배트를 휘두르며 자세를 잡았다.

"긴장되는 순간입니다……."

"스윙 폼이 간결하면서도 경쾌합니다. 상위 타자들 스윙 폼이 남다른데 말이죠……. 강민 선수도 그중 한 명입니다."

"네, 제 눈에도 충분히 그렇게 보입니다."

"혹자는 스윙이 뭐가 대단하냐고 반문할 수도 있겠지만 말이죠. 물 흐르듯 가볍게 휘두를 수 있는 경지는 쉽게 얻어지는 단계가 아니죠."

"맞습니다. 이런 말도 있지 않습니까. 고수는 검만 잡아도 그 경지를 알 수 있다고 말입니다."

"비유가 적당하군요. 무슨 무협 소설에나 나올 법한 말인데요."

"네, 강민 선수도 그런 점에서 대단한 능력을 갖고 있는 게 분명해 보입니다."

"제 눈에만 보이는 걸까요. 강민 선수 주변으로 아우라가 일렁이는 듯합니다."

두 해설위원은 흥분을 감추지 못했다.

쇄애애앳.

퍼어엉!

"스트라이크!"

"헛! 100마일의 직구입니다!"

"대, 대단하군요. 투수를 상대로 전력투구하는 마이크 하비 선수. 첫 번째 공은 한복판으로 곧장 꽂히는 직구였습니다."

부웅 부웅.

스트라이크를 먹은 강민.

아무런 표정의 변화가 없었다.

다시 배트를 휘두르며 자세를 잡았다.

군더더기 하나 없는 깔끔하고 정확한 타격 자세를 보였다.

"공을 맛보고 있는 걸까요?"

"네, 그럴 수도 있겠습니다. 직구임을 알고 그대로 흘려 보낸 것으로 보입니다. 다음 공은……."

스읏.

강민의 맞은편에서 마이크 하비가 두 번째 공을 뿌리기 위해 와인드업 자세를 취했다.

쇄애앳.

그리고 힘껏 어깨를 재끼며 공을 뿌렸다.

휘리리리릿.

상당한 구속을 보이는 공.

꼬리를 거칠게 흔들며 마치 춤을 추듯 포수 미트 정중앙을 향해 날아들었다.

마이크 하비의 특기인 특급 슬라이더.

아무리 공의 중심을 정확하게 맞춘다 해도 특유의 변화력과 힘에 부딪혀 장타가 터지지 않기로 유명한 결정구였다.

파앗!

그 순간 태산처럼 버티고 서 있던 강민이 움직였다.

마치 야구 방망이로 찰나에 내리치는 벼락처럼 공간을 갈랐다.

따아아아악!

묵직하면서도 끝이 경쾌한 타격음.

"헛!"

"괴, 굉장합니다! 공이 긴 궤적을 그리며…….”

꽤 긴 체공 시간을 자랑하며 쭉쭉 뻗어나가는 공.

오른쪽 담장을 행해 날아갔다.

"넘겼습니다!!!"

"아~ 장외 홈런입니다! 베리 본즈 선수의 전매특허였던 바다로 직행한 홈런볼! 강민 선수가 해냈습니다!"

"우측 펜스를 훌쩍 넘겨 사라져 버렸습니다. 장외 홈런!

대단합니다!"

"정말 멋진 홈런이 나왔습니다!"

"작년인가요? 주신수 선수가 날렸던 장외 홈런보다 훨씬 멀리 날아간 홈런입니다! 어떻게 해석해야 할까요!"

"이건 기적입니다! 네, 기적이죠!"

"메이저리그 첫 데뷔전, 첫 타석에서 홈런이라니. 그것도 강민 선수는 투수가 아닙니까. 유일합니다!"

"마이너리그 데뷔 당시에도 첫 타석에서 홈런을 때렸던 강민 선수입니다. 메이저리그의 새 역사를 쓰기 시작했다고 해도 과언이 아닐 겁니다."

"아~ 감동적인 순간입니다. 대단합니다. 이 벅찬 감동을 어떻게 표현해야 할지……"

양상명 해설위원은 목이 메여 울먹이기까지 했다.

과거 야구 선수 생활을 했었던 양상명 해설위원.

지금 강민 선수가 보인 모습은 그야말로 사건(?)이라 할 수 있었다.

일반 투수도 아니고 올해 사이영상 후보로 거론되는 마이크 하비가 투수인 타석이었다.

게다가 그의 특기인 슬라이더를 후려쳐 장외 홈런을 뽑아냈다.

조명이 야구장을 환하게 밝히고 있는 상황에서 높고 긴 궤적을 그리며 날아간 짜릿한 홈런.

"와아아아아아아아아아아아아아아아아아!"

"렛츠 고! 자이언츠! 렛츠 고 자이언츠!"

"K! K! K~~~~~!!!!"

"드래곤 K! 드래곤 K!"

엄청난 함성이 야구장 전체를 뒤흔들었다.

관중을 가득 메운 사람들의 시선이 날아가는 공을 따라 움직였다.

펜스를 훌쩍 넘기며 바다 쪽으로 사라져 버린 공.

그 순간에야 정신이 번쩍 들었다.

최근 들어 흔하디흔한 홈런 한 방 때리지 못하고 게임을 운영해 왔던 자이언츠 타선.

다른 사람도 아니고 오늘 첫 메이저리그에 데뷔한 루키 투수의 작품이다.

마이크 하비의 초절정 슬라이더를 때려 홈런을 만들어 내자 관중석은 마치 거대한 파도가 휩쓴 듯 요동쳤다.

그만큼 감동이 백배였다.

일제히 자리에서 일어난 관중들.

거의 모든 사람들이 엄지손가락을 들어 올린 채 K를 연호했다.

턱턱턱턱.

먼저 그라운드를 돌아 홈으로 들어온 잭 윌리엄이 동료 선수들과 하이파이브를 나누었다.

뒤이어 적당한 속도를 유지하며 달린 강민이 다이아몬드를 찍고 홈으로 향했다.

"K! K! K!"

강민이 걸음을 내딛을 때마다 박자를 맞춘 듯 K를 구호 삼아 외치는 관중들.

탁탁탁.

홈을 찍고 덕아웃으로 들어갔다.

막상 샌프란시스코 자이언츠 팀 선수들의 표정은 놀라움과 얼떨떨함으로 정신을 차리지 못했다.

기쁨의 세러머니를 어떻게 해야 할지 모르는 감독과 동료 선수들은 잭 윌리엄을 맞을 때처럼 하이파이브를 날렸다.

처음 등판한 선수라고는 믿을 수 없을 만큼 자연스러운 그의 홈런.

루키가 불러온 기적이 샌프란시스코 자이언츠에 다시 희망을 주고 있었다.

믿기지 않는 현실이 마치 꿈같았다.

타석의 주인 타자도 섣불리 때려치기 힘든 마이크 하비의 전매특허와도 같은 슬라이더.

통성명도 제대로 하지 않은 투수가 괴력을 발휘하며 공을 날려 버렸다.

샌프란시스코 자이언츠 선수들은 슬금슬금 마음을 열기

시작했다.

　한 방의 홈런이 팀의 자존심을 세우는 순간 진정한 동료로 받아들인 것이다.

　계속해서 리플레이 되는 강민의 홈런 장면.

　장외 홈런을 날리던 순간이 동료들의 머릿속에 생생하게 각인되고 있었다.

제3장
렛츠 고!

"저 선수 누구야?"

"진짜 대단한데?"

"강민 선수 몰라? 3년 전에 텔레비전에 대문짝만 하게 나왔잖아. 여중생 납치 사건 때 그……."

"아! 맞아! 그 때 그……! 저 사람이 그……."

인천공항 출국장 대합실.

오성전자에서 협찬한 대형 텔레비전을 통해 메이저리그 경기가 생중계되고 있었다.

갑작스럽게 편성된 야구 중계방송.

출국을 앞둔 사람들의 시선을 사로잡았다.

그리고 터진 홈런.

"크크크……. 그래 즐겨라. 웃고 즐길 수 있는 시간도 얼마 남지 않았다."

대형 텔레비전을 가득 채운 강민의 모습을 날카로운 시선으로 응시하던 한 남자가 혼잣말로 중얼거렸다.

과거 악질 사채업자로 명동에서 이름을 날렸던 김대철이다.

지난 3년 동안 쌓인 화병에 얼굴상은 예전만 못했다.

머리카락도 듬성듬성 빠진 데다 안색도 좋은 편이 아니었다.

남에게 해를 가한 것은 잊어 버려도 당한 것은 해소될 때까지 물고 늘어지는 성질의 김대철.

미국행 비행기를 기다리고 있었다.

청부 중계업자인 정 사장이 이번만큼은 반드시 일을 잘 처리하겠다고 약속을 해 큰맘 먹고 미국행을 선택했다.

가서 직접 놈의 마지막을 확인하고 싶었다.

마음 같아서는 당장에 머리통을 짓이겨 놓는다 해도 속이 풀릴 것 같지 않았다.

놈은 물론이고 뒤에 사기꾼 도사들에게 당한 것까지 생각하면 피가 거꾸로 솟을 지경이었다.

그것도 사기꾼 도사들이 강민을 사주한 스승이란 사실까지 안 마당이다.

그런 상황에서 정 사장으로부터 연락이 왔다.

중계소에서 일을 맡긴 히트맨 조직이 드디어 움직이기 시작한 것이다.

다른 곳도 아니고 미국.

총기 사용이 합법적인 나라.

하늘이 김대철을 돕고 있었다.

이번만큼은 정 사장도 확신에 차 있었고 김대철도 믿어 보기로 작정을 한 터였다.

청부를 전문으로 하는 중계업자들을 그 누구보다 신뢰해 왔던 김대철.

그들이 누구인지 잘 알기에 가벼운 마음으로 샌프란시스코행 비행기를 기다리고 있었다.

"K! K! K! K!"

"그런데 저렇게 유명한 선수였어?"

"우리나라 사람들은 안 보이는 거 같은데? 귀화한 거야?"

"K가 이름이 아닐 걸?"

삼삼오오 대형 텔레비전 앞을 병풍처럼 막아선 시민들.

화면에 잡히는 관중들 대부분이 미국 홈팬들이었다.

그들의 열광적인 응원을 받고 있는 K.

시민들은 어리둥절한 표정들이었다.

홈런을 때리고 여유 있게 그라운드를 돈 후 홈으로 들어서는 강민.

카메라의 움직임에 따라 관중석들의 열광하는 모습이 그대로 중계되고 있었다.

엄청난 환호에 한국에서 보고 있는 시민들마저 가슴이 뿌듯해지는 묘한 감동이 밀려올 정도였다.

"흐흐흐……."

하지만 그들을 유심히 바라보던 김대철.

입가에 싸늘한 미소가 번졌다.

감정 없는 눈빛으로 대형 화면을 뚫어져라 노려보았다.

화면 속 강민이 아니라 실재 눈앞에 있다면 당장 머리통에 총구멍을 내주고 싶었다.

'내 가만 두지 않겠다……. 네 스승의 가죽까지 벗겨내주마…….'

마지막 가는 길 역시 편하게 보내줄 생각이 없었다.

눈 뜨고 사기꾼 도사 영감들에게 당한 것을 생각하면 이가 갈렸다.

울퉁불퉁한 얼굴 근육 곳곳에 원한과 독기가 똘똘 뭉쳐 똬리를 틀고 있었다.

그야말로 악인의 관상이 아닐 수 없다.

상대가 누가 되었건 간에 그가 죽기 전에는 결코 가슴에 쌓인 한이 풀릴 것 같지 않아 보였다.

"13시 20분 미국 샌프란시스코행 비행기에 탑승하실 승객 여러분께서는 탑승 수속 절차를 밟으시기 바랍니다."

마침 장내에 출국이 임박했음을 알리는 방송이 울렸다.

저벅저벅.

진득한 살기를 풍기며 자리에서 일어난 김대철.

천천히 걸음을 옮겼다.

아들 녀석으로 인해 엮인 강민과의 악연.

지금까지 일궈온 모든 것을 수포로 돌아가게 했다.

마지막 꿈꿔왔던 정치세계로의 첫발을 얼마 남겨 놓지 않고 엎어져 버린 그릇.

찬물을 끼얹어도 이 정도로 일이 다 틀어질 줄은 몰랐다.

김대철 인생 전체를 뒤흔들어 버린 강민.

세상 무서운 줄 모르고 나대는 어린놈을 기필코 제거해 버리리라 다짐했다.

아무나 명동의 사채 시장에서 이름을 떨치는 게 아니었다.

악착같이 물고 늘어지는 근성.

독기를 품어야만 살아남을 수 있는 곳이다.

그런 곳에서 잔뼈가 굵은 김대철이다.

놈을 없앤 후에야 제2의 인생을 살 수 있으리라.

돈은 돈대로 날리고 고속도로를 달리는 듯했던 인생은 시궁창에 처박혔다.

그런 마당에 부와 명예를 한꺼번에 손에 쥐려는 강민.

고통이 무엇인지 제대로 확인시켜 주겠다며 아래턱이 움

찔하게 어금니를 깨물었다.

여태까지 김대철이 선택해 살아온 삶의 방식은 이런 것이었다.

지금도 묵묵히 그 길을 갈 뿐이다.

퍼엉!

"으으……."

"저 치 뭐야? 어디서 굴러먹다 온 녀석이야?"

"…구속이 전혀 떨어지지 않아!"

"어떻게 슬라이더가 95마일을 찍을 수 있는 거지?"

"퉤!"

뉴욕 메츠 덕아웃에서 팀 선수들이 인상을 구겼다.

한 선수가 벌어진 굵은 이 사이로 거품 많은 침을 찍 뿌렸다.

꽤 신경질적인 태도다.

보통 각 팀의 1선발을 만나게 되면 고전하게 된다.

그것도 뉴욕 메츠를 대표하는 프랜차이즈 스타가 나왔다.

그러나 샌프란시스코 자이언츠 선발은 그에 상대가 되지 않는 팀 구성이다.

벳 케인을 비롯해 3선발까지 완벽하게 연패를 당한 마당이다.

더 이상 선발다운 선발이 없는 상황.

고작 대응 투수로 내세운 인물이 마이너리그에서 구르던 루키다.

또 중간 볼펜들이 어울리지 않는 감투를 쓰고 선발진을 꾸렸다.

누가 봐도 뉴욕 메츠 쪽으로 기우는 판.

그런데 지금 경기의 흐름이 예사롭지 않게 틀어지고 있었다.

고작 어제 마이너리그에서 불려 올라와 합류했다는 루키가 엄청난 광속구를 뿌렸다.

경기 스코어 7대 0.

바닥을 기던 샌프란시스코 자이언츠의 점수를 K가 주도적으로 끌어가고 있었다.

첫 번째 타석에서 투런 홈런을 때린 K.

다음 타석에서도 연이어 솔로 홈런을 날렸다.

메이저리그 역사상 처음 있는 일이다.

메이저리그 첫 등판 선발투수가 연타석 홈런을 날렸다는 사실.

1900년대 초반 진기명기가 펼쳐지던 야구에서도 없었던 일이다.

그뿐만이 아니었다.

싹쓸이 역할로 나선 마이크 하비가 K에게 넉다운 당하면서 5회 말 강판되었다.

이후 물방망이 대명사가 되었던 자이언츠 타선이 제법 그럴싸한 화력을 보이기 시작했다.

물론 K가 올린 공격 포인트가 대부분이었다.

포볼로 나가면 도루를 2개씩 훔쳐 투수와 포수를 멘붕 상태에 빠뜨렸다.

혹 앞에 타자가 있는 경우에는 중견수 깊숙이 안타를 때려 타점을 뽑아냈다.

선발로서의 역할도 상상을 불허했지만 타격감도 메이저리그 각 팀의 4번 타자가 울고 갈 정도의 수준이었다.

정신을 차릴 수 없을 만큼 얻어터지고 맞게 된 9회 초 마지막 공격.

현재 뉴욕 메츠는 원아웃을 찍고 있었다.

쇄애애앳.

펑!

"스트라이크 아웃!"

"투, 투아웃……."

"퍼, 퍼펙트……."

이제 남은 인원은 고작 한 명.

타선을 재고 계산할 것도 없었다.

타자들 모두 삼구 삼진을 당했다.

빗맞은 안타라도 하나 나와주면 좋겠지만 그것마저 큰

욕심처럼 돼 버렸다.

어쩌다 제구력이 흔들려 포볼이라도 선물처럼 얻게 되기를 기대하는 수준에 이르렀다.

"와아아아아아아아아!!!"

"K! K! K! K!"

"퍼펙트가 보인다!!!"

"드래곤 K~ 끝장내 버려!!!"

관중들은 다시 흥분하기 시작했다.

뉴욕 메츠는 마지막 타자 한 명을 남겨놓고 있는 상황.

동양 투수 K는 이대로 경기를 깔끔하게 끝내버릴 심산인 듯했다.

모자를 깊숙이 눌러쓰고 간간이 입술 양끝이 날카롭게 올라가는 미소를 지었다.

짝짝짝짝짝짝!

"휘이익! 휘이이익!"

규칙적으로 일어났다 스러지는 거대한 파도처럼 출렁이는 관중석.

자리에서 일어나 박수를 보내거나 휘파람을 불어댔다.

야구팬들이 만들어 내는 이런 감동적인 순간 때문에 정작 야구장을 떠나지 못하는 선수들도 있었다.

오늘은 또 하나의 새로운 역사가 쓰여지는 날이기도 했다.

그 주인공은 샌프란시스코 자이언츠의 루키 K.

첫 선발 연타석 홈런에 5타점을 터뜨린 괴물 투수.

그가 메이저리그에 등판하자마자 퍼펙트게임이라는 위대한 업적을 남기려 하고 있었다.

역대 메이저리그를 통틀어 23번밖에 기록된 바가 없는 업적이다.

적어도 K처럼 메이저리그 첫 선발 퍼펙트 투수 겸 강타자는 나오지 않을 것이다.

"우와아아! 와아아아아아!"

"우우우우우우우우우우!"

거의 모든 관중이 흥분해 있는 모습이었다.

2년간의 월드시리즈를 재패했던 팀이란 사실을 무색하게 했던 샌프란시스코 자이언츠.

바닥을 기느라 일어설 기미도 보이지 않았었다.

자이언츠 선수들 자체도 기대하지 않았던 올 시즌 게임.

"감독님……."

메츠 코치들이 루리 콜린스 감독을 불렀다.

불펜 투수가 투입되면서 대타 타임이 온 것이다.

하지만 적당한 선수를 고르지 못하고 있는 루리 콜린스.

'어디서 저런…….'

샌프란시스코 자이언츠는 루키의 활약으로 승리의 순간만을 기다리고 있었다.

그야말로 짜릿하다 못해 오줌을 지릴 정도의 쾌감이 뒤따를 것이다.

마운드에 거대한 나무처럼 서서 버티고 있는 K.

루리 콜린스는 멍하니 그의 모습을 바라보고 있었다.

이런 상황이라면 그 어떤 전략도 소용이 없었다.

대타가 다 뭐란 말인가.

어제 오늘 합류한 루키란 사실은 이미 의미가 없는 말들이었다.

완벽하다고밖에 말할 수 없는 투수 K의 진가를 두 눈으로 직접 확인했다.

강속구를 구사하는 투수들마저 고전한다는 제구력도 완벽했다.

투심과 포심, 슬라이더 같은 직구 쪽 공만으로 뉴욕 메츠 타선을 멋대로 가지고 놀아버렸다.

난공불락의 요새와도 같은 K의 투구력.

'이대로 물러나야 한단 말인가⋯⋯.'

부르르.

인정할 것은 인정해야 하지만 다 된 밥에 재를 뿌린 K가 괘씸했다.

루리 콜린스 감독은 주먹을 움켜쥐었다.

샌프란시스코 자이언츠와 K에게는 영광스러울 오늘의 경기.

뉴욕 메츠와 루리 콜린스 감독, 그리고 팀 선수들에게는 치욕스러운 경기로 남을 것이다.

예상치도 못했던 복병을 만나 일격을 당하는 마당에 바닥에 드러눕기 일보직전이었다.

"요한을 내보네."

"네? 요한을요?"

"아직 몸이 다 풀리지 않았을 겁니다."

"보내."

시즌 초반 경기 시작과 동시에 부상을 당해 마이너리그에서 재활을 하고 있던 메츠의 간판 타자.

주축 클린업 트리에서는 빠져 있었지만 두 달짜리 부상에서 복귀한 뒤 4번을 노리고 있었다.

지난해 타율 4할 2푼에 홈런 40개를 때린 대형 타자이기도 했다.

어제 복귀한 뒤 오늘은 경기를 참관하고 있었다.

팀 닥터와 트레이너는 바로 경기를 뛰어도 된다고 완쾌 판정을 내린 상태지만 확인은 되지 않았다.

루리 콜린스 감독을 비롯해 코치들의 확인 없이 경기에 투입되어야 한다는 게 걸렸지만 다른 방법이 없었다.

메이저리그 첫 등판 루키 투수에게 홈런 두 방에 퍼펙트까지 당하는 치욕을 앉아서 받을 수는 없었다.

그렇게 되는 순간 뉴욕 메츠는 치욕의 팀으로 기록될 것이 빤했다.

"알겠습니다."

"헤이, 루익스! 들어와!"

"요한! 한 번 보여줘!"

타격 코치의 별다른 지시가 없어 타석에 서기 위해 나가던 볼펜 투수 루익스를 불러들였다.

그리고 오늘 경기에는 출전하지 못했지만 로스터에 이름을 올리고 있어 타석에 서는 데는 문제가 없는 요한 카터.

195센티미터의 장신에 무려 110킬로그램이나 나가는 거구였다.

덥수룩하게 자란 턱수염과 잘 다듬은 콧수염이 인상적인 메츠의 대형 대포다.

연봉도 팀 내에서 최고인 2,000만 달러.

"퉤에!"

입 안에 풍선껌을 잔뜩 넣고 질겅질겅 씹던 요한 카터가 바닥에 침을 거칠게 뱉으며 일어섰다.

철럭.

그리고 머리에 칠이 벗겨진 낡은 헬멧을 뒤집어썼다.

메이저리그에 처음 발을 들일 때부터 착용해 온 요한 카터를 상징한다고 해도 과언이 아닌 낡은 헬멧.

이 헬멧이 없으면 경기에 들어서지 않을 정도로 징크스가 돼 있는 유명한 물건이었다.

스윽.

물푸레나무로 만든 묵직한 배트를 집어 들었다.

부웅! 부우웅!

연습용가 아닌 자신이 쓰는 배트로 점검을 하는 요한 카터.

"요한! 한 방 날려줘!"

"저 자식 제대로 한 번 밟아주라고!!!"

K의 구속과 구질에 한차례 기가 눌린 메츠의 선수들.

요한 카터를 향해 응원의 메시지를 전했다.

난다 긴다 하는 투수가 즐비한 메이저리그에서 4할 대 타율을 유지하고 홈런 40개를 때린다는 것.

그것은 은퇴 후 명예의 전당에 헌액될 가능성이 크다는 의미였다.

이번 타석은 메츠에서 시작해 FA가 돼서도 메츠를 택한 메츠의 전설 타자 요한 카터의 등장인 것이다.

"요한 카터다!"

"우우우우! 오늘은 꺼져라!"

"메츠~ 너희들 오늘 다 죽었어! 크하하하!"

전광판을 가득 채운 요한 카터의 모습.

샌프란시스코 자이언츠 홈팬들은 일제히 야유를 퍼부었다.

뉴욕 메츠와 붙었던 경기 대부분 요한 카터가 등장하고

나면 패배하는 날이 많았다.

K가 선전을 하고 있는 오늘 게임.

오랜만에 자이언츠 팬들은 메츠를 상대로 역전의 꿈을 꾸었다.

그것도 월드시리즈 연속 2연패를 달성한 바 있는 샌프란시스코 자이언츠 구단의 팬으로서 갖는 자존심이었다.

그런 점에서 오늘 제대로 끝을 향해 달리고 있었다.

휘리리리링.

우측 펜스 너머에서 불어오는 시원한 샌프란시스코의 저녁 바람.

기분 좋게 얼굴을 스쳤다.

"K! K! K!"

"우와와와와와와와와!"

짝짝짝짝짝!

흥분한 관중들이 육중한 엉덩이를 들어 올리며 환호성을 질렀다.

'분위기 좋군.'

거의 모든 게 완벽했다.

야구계를 정복하는 게 나의 인생 목표는 아니었다.

물론 직업으로 택할 것도 아니었지만 지금 이 순간을 충분히 즐기고 있었고 사랑했다.

이 순간을 만족하지 못한다면 다음 순간도 즐길 수 없을 것이다.

수많은 관중들이 나를 부르고 있었다.

현재 나는 야구 선수로 이 그라운드에 서 있었고 이 순간은 내 인생의 알파이자 오메가였다.

파바밧.

'호오, 이분… 눈빛이 살아 있군.'

자신만만하게 타석에 섰던 메츠의 타자들.

헛방망이질만 세 차례씩 하다가 타석에서 내려갔다.

게다가 4회부터는 눈빛까지 흔들리며 제대로 방망이를 휘두르지도 못했다.

나름 스트라이크 존도 타이트하게 잡고 준비했지만 막상 내가 던진 공을 처리하지는 못했다.

어떻게 맞췄어도 파울 틱이 나거나 급기야 배트가 부러지는 상황이 벌어졌다.

7회부터는 아예 눈을 질끈 감고 방망이를 휘두르는 타자가 나올 정도가 되었다.

그런데 이번 타자는 좀 달랐다.

포스부터가 앞전 타석을 채우던 선수들과는 차이가 컸다.

'연봉 2,000달러짜리 선수다.'

메츠를 대표하는 타자에 대한 정보는 이미 파악해 둔 상태였다.

제시카가 넘겨준 파일에는 없는 것 빼고 거의 모든 정보가 다 들어 있었다.

뉴욕 메츠의 탑이 바로 눈앞에 나타난 요한 카터였다.

타석에 서자마자 나를 한차례 노려보며 훑었다.

그리고 곧 방망이를 천천히 휘두르며 타격 자세를 잡았다.

큰 덩치에도 불구하고 스윙 폼과 자세가 꽤 자연스러웠다.

어느 정도 입지를 다져 놓은 선수들은 보통 타석 뒤쪽에 자리를 잡았다.

하지만 승부욕이 남다른 듯 타석에 바짝 붙어 가까이에 발을 고정했다.

'…그래, 제대로 한 번 해봅시다!'

오늘은 나에게 역사적인 날이었다.

메이저리그 구장에 설 수 있다는 것은 가슴 뛰는 일이었다.

물론 목적지를 향해 가는 동안 거쳐 가는 길목에 불과하지만 분명한 것은 이 자리에 오르기 위해 목숨을 거는 사람들도 있다는 것.

전 세계 수억 명이 넘는 야구팬들을 위해 평생을 메이저리그 무대를 전쟁터로 삼는 사나이들이 있다는 사실이다.

장난으로 설 수 없었다.

내 능력을 다 표출한 것은 아니었지만 그들을 존중하는 마음으로 상대해야 했다.

그것도 나만의 방식으로.

스윽.

공을 몇 번 글러브에 처넣으며 잭 윌리엄과 눈을 맞췄다.

사사삿.

나의 스타일을 이미 파악한 잭 윌리엄은 한가운데 직구 사인을 보냈다.

끄덕.

그대로 잭 윌리엄의 사인을 접수했다.

파바바밧.

잭 윌리엄과 나의 사인을 훔쳐보기라도 한 듯 거침없이 타격 자세를 잡는 요한 카터.

마치 텍사스를 내달리는 젖소처럼 큰 눈을 부라리며 방망이를 휘두르는 팔에 힘이 들어갔다.

'당신들의 능력… 노력… 인정합니다.'

처럭.

공을 부드럽게 쥐고 와인드업 자세에 들어갔다.

'나의 능력과 노력도… 만만치가 않습니다…….'

한 분야에서 명예를 얻는 것은 그 무엇보다 힘겨운 자신과의 싸움일 것이다.

그 누가 알아주든 그렇지 않든 그 싸움을 멈추는 순간 그간의 노력과 시간이 수포로 돌아가는 듯할 테니까 말이다.

메이저리그를 받치고 서 있는 선수들 한 명 한 명의 인생도 마찬가지.

그러나 아무도 알아주지 않는 나의 지난 시간들.

그 안에서 흘렀던 피와 땀의 무게는 결코 이들보다 덜하지 않았다.

수련으로 다져진 나의 능력이 다른 사람보다 월등하다는 것을 빼고 나면 나는 그야말로 부족한 것이 많은 한 사람.

빈틈이 차고 넘쳤다.

세상은 그런 나를 진심으로 따듯하게 품어주지 못했다.

어미를 잃은 새끼 고양이의 고통을 그 어디에 비교할 수 있겠는가.

하루아침에 양친 부모를 잃고 보육시설에 맡겨진 나.

물론 생긴 게 곱상하고 머리가 좋아 학업성적이 우수한 탓에 원장님을 비롯한 다른 여러 선생님들로부터 많은 칭찬을 받고 지낸 건 사실이다.

그러나 그것이 다는 아니었다.

꼭 그렇게 여러 선생님들에게 칭찬을 받은 날이면 시설 형들에게 불려가기 일쑤였다.

빤한 시나리오지만 장소는 화장실이 가장 흔했다.

에미 애비도 없는 자식이 칭찬받아 좋겠다는 말.

귀에 못이 박히게 들었던 비난들.

눈에 띄지 않는 곳 위주로 맞았다.

아무리 눈에 띄고 칭찬을 받는다 해도 난 고아였다.

나와 같은 처지에 놓인 그들은 머리가 굵어지면서 더 거칠어졌다.

지금 생각해 보면 그들은 꽤 현실적인 사고를 갖고 있었다.

시설에서 아무리 잘나봐야 나의 주제는 고아에 세상 밖에 나가면 구경꾼을 몰아오는 원숭이 꼴이라고 했다.

내가 나를 지킬 수 있는 방법은 단 한 가지.

나는 그들과 다르다고 수없이 되뇌는 일이었다.

머리가 좋다거나 성품이 독해서도 아니었다.

아버지가 장기간 집을 비우는 날이 많았던 그때.

어머니는 깊은 밤이면 나의 머리를 쓰다듬으며 언제나 주문처럼 중얼거리셨다.

'민아, 네 인생은 너의 것이란다. 그 누구의 삶이 아닌 너의 인생, 너의 꿈을 위해 살아가렴……. 알겠니?'

나는 지금도 그때 어머니의 모습을 생생하게 기억하고 있다.

입가에 따뜻한 미소를 지으며 나와 눈을 마주쳤던 어머

니였다.

당시는 그 말이 무슨 말을 뜻하는지 알지 못했다.

지금은 아주 조금은 알 것 같다.

그 누구도 나의 삶을 대신 살아주지 않는다는 것.

눈을 감는 순간까지, 그래서 삶에 적막이 찾아오는 그 순간까지 나의 꿈을 향한 도전은 네버엔딩이다.

흐트러짐 하나 없이 물결 흐르듯 움직이는 하체와 허리.

그리고 팔목과 목까지 이어지는 완벽한 투구 폼.

확실하게 힘이 실리는 릴리스 포인트에서 공을 던졌다.

쉐애애애애앳.

다른 사람들에게는 눈 깜짝할 사이였을 것이다.

그러나 공이 나의 손을 떠난 뒤 꼬리를 흔들며 날아가는 궤적을 나의 눈은 정확하게 쫓고 있었다.

누구도 가볍게 생각할 수 없는 젊은 황소 같은 공의 모습.

텃!

요한 카터가 왼쪽 발을 힘껏 내딛으며 방망이를 휘둘렀다.

대타로 나섰으니 나에 관련한 정보를 어느 정도 파악하고 대응할 것이다.

정중앙 직구로 승부한다는 걸 알고 주저하지 않고 커다란 배트를 거침없이 때리고 들어왔다.

까아아앙!

방망이 중앙에 얻어맞으며 경쾌한 타격음을 터뜨린 공.

'훗!'

순식간에 짧게 강한 웃음이 나의 입술 위를 스쳤다.

처억!

공과 배트가 내는 소리는 아름다웠다.

그러나 그 뒤는.

퍽!

글러브를 낀 왼쪽 팔이 쭈욱 뻗어 나갔고 곧 둔탁한 부딪힘 소리가 귀를 사로잡았다.

"와아아아아아아아아아아아아아!"

여지없이 터지는 함성.

슈우우우우우우웃.

퍼어어엉! 퍼버버버버버벙!

그리고 무작위로 솟구쳐 오른 불꽃들.

예고도 없었던 일이 구장 위 하늘에서 벌어졌다.

"퍼펙트!!!!"

현장 중계를 하던 아나운서의 목소리가 장내에 울려 퍼졌다.

드디어 끝났다.

마치 한 편의 드라마 같았단 나의 메이저리그 입성기.

두 개의 홈런에 두 개의 2루타, 볼넷 하나.

그리고 투수로서 가장 큰 영예인 퍼펙트의 위엄까지 달성했다.

그것도 메이저리그 등판 첫날 이뤄낸 승리다.

"으아아아아아아아아아아아!!!"

나는 환희에 차 두 주먹을 불끈 쥐고 거친 포효를 터뜨렸다.

"와와와와와!"

"K!!!!"

"K! K! K!!!"

"렛츠 고 자이언츠! 렛츠 고 자이언츠!!! 와아아아아아아아아!"

덕아웃에서 경기를 지켜보던 팀 동료들이 그라운드를 가로질러 달려 나왔다.

구장을 가득 메운 홈팬들의 광란에 젖은 함성들이 더 크게 들렸다.

쿵! 쿵! 쿵!

승리의 쾌감은 마이너리그 때와는 차원이 달랐다.

마치 찌릿찌릿한 전기같은 기운이 다리부터 시작해 척추를 타고 뒷골을 후려쳤다.

지난 20년의 인생이 꼭 순간을 위해서만 달려온 듯한 착각까지 일으켰다.

제4장
일인창조기업

"엄청난 사건이 방금 일어나고 말았습니다! 어제 콜업된 선수가 퍼펙트게임을 달성했습니다."

"메이저리그에 첫 등판한 동양의 무명 투수라는 사실이 놀랍습니다. 역사상 22번밖에 없었던 퍼펙트게임입니다."

"자이언츠 홈팬들이 보이십니까?"

"작년 월드시리즈 우승 때 보았던 광경과 무척 흡사합니다."

"흥분의 도가니죠. 정말 대단합니다. 물론 요한 카터의 잘 맞은 타구를 잡아채던 K 선수의 모습에 심장이 멎는 듯했습니다."

"말로 표현하기 힘든 감동입니다."

"물론입니다! 20년 야구 캐스터 인생을 통틀어 명장면으로 꼽아도 손색이 없을 정도였습니다."

"네, 네. 베스트 파이브에도 들 만하죠."

"루키가 첫 선발에서 퍼펙트게임을 달성한 적이 있습니까?"

"역사상 없는 일이죠. 그것뿐입니까? 베이비 루스도 울고 갈 정도의 홈런 두 방을 비롯해 5타점을 만들어낸 것도 없었던 일입니다."

"드래곤 K가 맞습니다. 사람이 이뤄내기엔 무리가 있지 않겠습니까?"

"슈퍼맨이 돌아온 것 같습니다."

"하하, 그렇게 생각할 수도 있겠습니다."

"K! K! K! K!"

LA에도 샌프란시스코에서 벌어지는 지역 라이벌 홈경기가 중계되고 있었다.

큼지막한 화면을 꽉 채운 아나운서들의 흥분한 모습.

홈팬들의 열광하는 함성과 어우러져 흥이 절로 나는 듯했다.

누가 봐도 흥미진진한 경기였다.

곧 메이저리그 홈페이지는 엄청난 방문자들로 마비가 될 것이다.

미국 각 언론들에서는 역전의 기수 샌프란시스코를 조명하고 팀을 퍼펙트게임으로 우승하게 한 루키를 집중 조명할 것이다.

사건에 비유될 만큼 파장을 일으킨 K의 첫 등판.

K는 이미 스타였다.

"축하해…… 민아……."

차분하고 조용한 목소리가 넓은 거실에 울렸다.

비록 화면으로 그를 마주하고 있지만 더는 아픔도 미움도 일어나지 않았다.

감정의 파란 따위는 잠잠했고 실재 그가 눈앞에 있다 해도 담담할 것 같았다.

지난 며칠 동안은 무척 괴로웠다.

그만큼 마음은 단단해졌고 성숙해졌다.

민이라는 이름보다 이제는 K라는 이름이 더 어울리는 사람이 돼서 같은 하늘 아래 살고 있는 강민.

그는 3년 전에도 훌쩍 떠나 버렸다.

생사 유무도 알 수 없었던 때에 비하면 손단비의 마음은 한없이 편했다.

그가 살아 돌아와 자신의 삶을 살아가고 있다는 사실만으로도 감사하기로 했다.

며칠 동안 계속해서 생각했다.

그와 어떤 약속도 하지 않았었는데 그를 기다린 것도 그에게 마음을 묶어둔 것도 온전히 자신이 택한 일이었다.

진심으로 고백한 적도 없었고 그 또한 두 사람이 연인이라는 그 어떤 단서도 주지 않았었다.

그저 잠시 함께했었고 연인 같았던 분위기가 서로를 흔들었을 뿐이었다.

단비는 강민을 두고 미래를 꿈꾸었었고 그의 대답은 듣지 못했다.

마음속에 담아 두고 3년을 지내온 것마저도 온전히 단비 자신의 선택이었다.

아무것도 확인된 게 없음에도 욕심을 부리고 있었다.

강민이 미국에 들어왔을 때를 안 것은 다혜를 통해서였다.

그전에도 이후에도 연락을 해오지 않았다.

물론 다른 여성들과 데이트를 한다 해도 단비는 그에게 따질 자격 같은 건 없었다.

"이렇게 되면 벌써 200만 달러가 넘는 보너스를 챙기게 되는 건가요?"

"샌프란시스코 자이언츠 구단이 서명한 계약서 덕분이죠."

"무슨 생각으로 그런 계약 조건을 다 받아들였을까요?"

"말도 안 되는 계약 조건이죠. 하지만 K의 입장에서는 이보다 더 통쾌한 계약 조건이 없을 것 같습니다."

"그건 맞습니다. 이미 마이너리그 승리도 보장받는 조건이니 K는 벌써 백만장자 서열에 발을 들인 셈이죠."

"사실 부럽습니다. 이렇게 마이크를 잡고 20년 동안 주구장창 떠들어 대도 먹고 사는 일은 빠듯한데 말입니다."

"하하하, 루웬! 늦지 않았어요. 어때요, 오늘부터라도 야구공을 쥐고 도전해 보세요. 루웬의 자리는 제가 평생 업고 가겠습니다."

"하하, 절대 그럴 수는 없죠. 생각보다 이 자리를 노리는 사람이 많습니다."

기분 좋은 경기 소식을 전하며 우스갯소리를 나누는 아나운서들의 모습.

수천만 달러, 아니 개인에 투자한 금액치고는 터무니없이 높은 1억 달러 이상의 계약도 거침없이 추진하는 메이저리그.

강민도 이제 고액 연봉자들과 어깨를 나란히 하게 됐다.

"안녕……. 민아."

중계 화면에 승리 선수 인터뷰를 준비하는 강민이 잡혔다.

그의 모습을 지그시 바라보는 손단비.

담담했던 단비의 마음은 수많은 감정들이 교차하며 작은 진동을 만들어냈다.

단비는 강민을 두 눈에 담았다.

"대단하다는 말로는 부족하군요. 오늘 이렇게 완벽한 활약을 펼친 K 선수, 먼저 축하를 드립니다."

백금발이 인상적인 미녀 아나운서가 마이크를 잡았다.

가벼운 흰색 셔츠와 청바지 차림의 아나운서는 강민에게 마이크를 넘겼다.

오늘의 MVP와 이뤄지는 인터뷰였다.

"감사합니다. 생각지도 못했던 퍼펙트 우승을 거둘 수 있게 격려해 주신 감독님과 코치님들. 그리고 동료 선수들에게 이 영광을 돌리고 싶습니다."

통역도 통하지 않고 능숙하게 인터뷰에 응하는 강민.

본토인들 못지않은 자연스럽고 부드러운 완벽한 고급 영어를 구사했다.

그러면서도 입가를 떠나지 않는 미소.

굵은 입매와 콧날은 여전히 매력적이었다.

그런 강민의 모습은 자연스럽게 또 다시 단비의 마음을 아릿하게 파고들었다.

"영어를 정말 잘 하시는군요. 이렇게 완벽한 실력을 숨기고 지금까지 어디에 있었던 거죠? 호호."

아나운서는 두 눈을 반짝이며 강민을 똑바로 쳐다보았다.

"개인적인 질문이 하나 있는데 실례가 안 될까요?"

"…괜찮습니다."

"이성 친구는 있나요? 저뿐만 아니라 시청자분들께서도 궁금해 하실 것 같은데요."

경기에 관련한 질문들이 얼추 마무리 되어 갈 즈음 아나운서가 유쾌한 표정으로 물었다.

"이성 친구라……."

"단비야~ 출발하자~ 늦겠어!"

"어? 그래……."

화면을 똑바로 보고 막 입을 열려는 강민.

마침 뒤에서 은다혜의 재촉하는 목소리가 들려왔다.

의미를 알 수 없는 묘한 미소가 강민의 입가에 번지는 것을 보았다.

손단비는 오늘 LA를 떠나야 했다.

미국 여자오픈 대회가 코앞까지 다가왔다.

하루라도 빨리 현지로 출발해 적응해야 한다.

띠릭.

단비는 머뭇거리며 미소를 띤 강민의 대답을 듣지 못하고 텔레비전 전원을 껐다.

마음을 진정시키고 평상심을 회복해가고 있었기 때문에 더 이상 충격적인 말은 듣고 싶지 않기도 했다.

사박사박.

금세 새카맣게 전원이 나간 거대한 텔레비전 화면에 단비의 모습이 비쳤다.

스윽.

자리에서 일어서자 무릎까지 닿는 원피스가 살짝 팔랑였다.

푸른색에 은색 별 단추가 귀여운 원피스다.

아직은 청초한 소녀 같기만 한 단비의 모습.

테이블에 놓여 있던 알이 큰 선글라스를 집어 썼다.

일렁이는 마음을 들키고 싶지 않았다.

아무 일 없었다는 듯이 현지로 떠나고 싶었다.

또 다시 마구잡이로 바람에 흔들리는 갈대가 되고 싶지 않았다.

어서 빨리 푸른 잔디가 펼쳐진 필드로 돌아가고 싶었다.

그곳이 진정 손단비가 걸어야 할 길이란 것을 다시 확인하고 말았다.

'못 본 건가…….'

연락이 오지 않는다.

'이대로…….'

경기가 막 끝나고 흥분이 채 가시기도 전에 스포츠 티비 아나운서와의 인터뷰가 진행됐다.

관중들의 환호성이 잦아들지도 않은 그라운드에서의 인터뷰.

경기 MVP에게 당연히 주어지는 영광된 자리였다.

경기에 관련한 것들을 묻던 아나운서가 뜬금없이 여자 친구에 관한 질문을 해왔다.

예상치 못했던 질문이었기에 호흡을 가다듬고 잠시 숨을 고른 후 대답했다.

정식으로 사귀는 여자 친구는 없다.

하지만 본의 아니게 마음 아프게 한 여인은 있다.

아나운서에게 양해를 구하고 카메라를 통해 그녀에게 사과를 하고 싶다고 밝혔다.

흔쾌히 그렇게 해도 좋다는 말을 듣고 정중하게 사과의 말을 전했다.

그녀도 이름만 대면 알만한 스타였기 때문에 이름을 언급할 수는 없었다.

내가 전하는 말의 의미를 단비만 알면 된다고 여겼다.

꼭 하고 싶은 말은 그때 보았던 일은 오해였다고 전했다.

진짜 아끼는 여인과의 데이트였다면 이렇게까지 밝히고 싶지 않았을 것이다.

그때 상황이 참 묘하게 흘러갔을 뿐이다.

오늘 같은 날을 기대했었다.

이렇게 메이저리그에 데뷔한 후 정식으로 그녀를 찾고 싶었다.

나보다 앞서 세계적인 스타 반열에 올라 있는 단비였다.

그런 그녀 앞에 이도저도 아닌 어중간한 모습의 나를 보이고 싶지 않았다.

나만의 착각이 상황을 이렇게 만들고 말았다.

어떤 순간에는 하늘의 장난처럼 느껴지기도 했다.

마치 3류 소설 저리가라 할 정도로 예기치 못한 장소에서 불륜을 저지르다 들킨 것처럼 조우했다.

나의 처지가 좀 더 확실했다면 당시 그 자리에서 해명할 수도 있었다.

은다혜가 아무리 나를 몹쓸 놈으로 몰아붙였어도 시비에 휘말린 상대가 있었어도 그건 나의 태도의 문제였다.

한 발 늦게 전화한 것도 나의 책임이 컸다.

하지만 이제 방송을 통한 해명에도 그 어떤 답은 오지 않았다.

야구팬이 있는 곳이라면 오늘의 경기가 모두 중계되었을 것이다.

전 세계를 떠들썩하게 만들었을 오늘의 메이저리그 게임.

'정말 나를 믿지 못하는 거야?'

양 도사에게 낚여 다시 설악산으로 끌려 들어가긴 했지만 나는 떳떳했다.

다음 날 만나기로 한 약속을 지키지 못한 것이 나의 가장 큰 실수라면 실수랄까.

설악산에 갇혀 지내면서도 문득 문득 떠올랐던 단비 생각.

언젠가는 다시 만날 수 있을 거라는 희망 때문에 다시 시작된 3년의 시간을 하루하루 보낼 수 있었다.

다시 오해를 풀고 싶어도 풀 수 없는 운명의 실타래.

긴 기다림의 끝은 전혀 다른 방향으로 흘러가고 있었다.

'당분간… 시간도 없을 텐데…….'

도저히 연락할 방법이 생각나지 않았다.

은다혜에게 연락을 넣어봤지만 그녀 역시 3년 전의 그 번호가 아니었다.

앞으로 정신없이 바빠질 것이다.

물론 단비가 활동하고 있는 한 그녀의 스케줄을 따라 이동 경로를 파악하면 어떻게든 만날 수는 있을 것이다.

하지만 나 역시 이제는 직업 선수다.

넓은 아메리카 대륙을 횡단하자면 비행기를 타고도 뻴뻴거리며 다녀야 한다.

시즌 중인 선수들은 집에도 들어가지 못하고 움직여야 한다.

단비가 샌프란시스코에 있을 리도 만무했고 머문다 해도 거주지 주소도 몰랐다.

'이게 단비와 나의 인연이 여기서 끝나는 걸까…….'

20대에 접어들면서 세상 돌아가는 이치(?)를 조금 알 것도 같았다.

세상에는 억지로 되는 게 하나도 없다고 했던 양 도사의 말씀.

그리고 설악산에 어둠이 내리고 깊은 밤이 찾아오면 사색에 잠긴 듯 눈을 지그시 감고했던 말.

오늘 하루도 운명처럼 흐르는구나.

분위기 있는 대로 잡고 이 말을 뱉을 때마다 속으로 얼마나 욕을 퍼부었는지 모른다.

사기치고 무지한 사람들 홀리는 데나 주로 사용되는 길고 허연 수염을 쓱쓱 쓸며 폼은 다 잡았다.

저녁 메뉴로 걸핏하면 탕수육을 요구하던 양 도사.

속물 중에도 그런 속물이 없을 것이다.

정작 본인은 종일 하는 일이라고는 나를 갈구며 눈코 뜰 새 없이 닦달하는 일과 끼니를 챙겨 먹는 것뿐이었다.

대신 그렇게 먹고도 싸는 데 시간을 할애하는 것을 거의 보지 못했다.

몇 날 며칠 굶은 채 산을 헤맨 멧돼지처럼 대단한 먹성을 보였고 지금 생각해도 무척 게을렀다.

나를 만나기 이전 어떻게 살아왔는지 다는 알 수가 없다.

분명한 것은 나를 동네 머슴 몇 부리듯 노역을 시켰고 그런 내 덕에 호의호식했다는 것이다.

그런 양반이 하루의 가치를 논하고 운명을 입에 올렸으니 우스운 일이었다.

차라리 잘 먹고 잘 놀았구나 하고 솔직하게 속내를 드러내는 게 나았다.

"K~ 집 어때요?"

"네? 아주 마음에 듭니다."

이사랄 것도 없지만 그래도 이사를 했다.

옷 가방 하나 들고 이동해 온 샌프란시스코 자이언츠.

나의 인생에 기념비적인 사건으로 기록될 퍼펙트게임을 무사히 마쳤다.

제시카가 그런 나를 마중하기 위해 직접 나왔다.

에이전트답게 구단 안까지 걸음 한 제시카 로엘.

나를 보자마자 격하게 포옹을 해왔다.

포옹한 채 시간을 좀 더 보내면 볼 키스 정도를 넘어설 만큼 흥분해 있었다.

경기를 처음부터 지켜봤다고 했다.

나로 인해 야구의 새로운 매력에 흠뻑 빠졌다고 말하던 제시카.

4만 명이 넘는 관중들과 하나가 되어 시간 가는 줄 모르고 경기를 관람했다는 제시카였다.

지금도 목이 살짝 쉬어 허스키한 비음이 새어 나왔다.

제시카가 직접 운전한 그녀의 차를 타고 도착한 소살리토.

완전히 부촌이었다.

샌프란시스코는 도시 자체가 바닷가를 끼고 있어 웬만한

곳이면 모두 바다가 보인다고 했다.

경기 후 뒤풀이까지 분위기를 맞춰주고야 찾아온 나의 머물 곳.

앞으로 내가 살게 될 동네다.

경기장과의 거리는 차로 약 30분 정도 걸리는 위치다.

다른 건 몰라도 일단 주변이 조용했다.

유동 인구가 없는 편은 아니었지만 워낙에 잘 사는 부자들이 마을을 이뤄서 그런지 고요했다.

부유함이 만들어 내는 특유의 삶의 여유 같은 게 느껴진다고 해야 할까.

그중에서도 눈에 탁 띄는 2층짜리 주택 앞에 차가 멈췄다.

수영장이 옵션으로 딸려 있었다.

정원에는 야자수가 군데군데 서 있는 말로만 듣던 미국의 대저택.

제시카는 배시시 웃음을 흘리며 이곳이 내가 오늘부터 머물게 될 곳이라고 했다.

방이 무려 일곱 개나 되었고 경호원에 도우미, 정원사까지 딸려 있었다.

대충 봐도 추천 평은 족히 넘을 듯한 대지 위에 자태를 뽐내며 서 있는 저택.

대한민국 서울의 예린이네 집과는 비교도 할 수 없을 정도로 차원이 다른 모습이었다.

잘나가는 집안의 별장 정도로 자연친화적인 주변 환경과 조화를 이루고 있었다.

정확하게는 로얄 그룹 일가가 사용하는 별장 중 한 곳이라고 했다.

'옛말에 틀린 게 하나도 없네. 사람은 태어나면 서울로 가고 이왕 놀 거라면 강남에서 놀라더니…….'

서울로 처음 상경하겠다고 했을 때 양 도사가 일러준 말씀이었다.

군이 서울로 가서 학교를 다니겠다면 꼭 사회적으로 성공한 사람을 사귀라 했다.

그래야 떡 고물이라도 얻어먹지 않겠냐며 말이다.

어린 나를 3년이나 벗겨 먹고 난 뒤 해준다는 말이 고작 떡고물 얻어먹고 살 수 있는 방법이었으니…….

예부터 근묵자흑(近墨者黑)이라 하여 사람과의 어울림에도 가려야 할 게 있다는 말이다.

처음부터 양 도사와 가까이 살다 보니 여러모로 습득된 것이 많았다.

세계적으로 내로라하는 기업인 로얄 그룹.

게다가 제시카는 로얄 그룹의 차기 후계자 중 한 명이었다.

비록 나와 계약된 에이전트의 관계자였지만 더 이상의

어떤 진도도 가능하지 않았다.

다만 내가 그려가는 미래로 가기 위해 거쳐 가는 한 사람일 뿐이었다.

물론 로얄 그룹 같은 대기업의 눈에 내가 찰 리 만무했다.

과거 시대 같았다면 나는 고작 평민이며 그녀는 대귀족 가문의 영애 정도에 비교될 정도이니 말이다.

"호호, 언제 봐도 K는 대단해요. 당신 정도 되면 이런 날 동료들을 불러 성대한 파티라도 여는 게 맞지 않아요?"

"……."

"어쩌면 그렇게 전혀 감동을 느끼지 못한 표정이죠?"

물론 나도 감동 받았다.

그렇다고 펄쩍펄쩍 뛸 기분은 아니었다.

"제시카, 제 스승님 되시는 분이 이런 말씀을 하신 적이 있습니다."

"네?"

"이왕 세상에 나가 살 거라면 다 경험해 보고 맛보고 후회 없이 살라고 말입니다. 이 순간은 앞으로 제가 경험할 것들 중 하나이며 시작에 불과합니다."

"……."

"이미 충분히 감동 받았습니다."

"……."

아직 나의 말을 이해하지 못하고 있는 제시카.

"제시카, 제 꿈은 아직 펼치지도 않았습니다. 여전히 배가 고픈 상태죠."

"아!"

그제서야 나의 말을 알아들었다는 듯 두 눈을 크게 떴다.

물론 마이너리그에서 뛰던 루키가 메이저리그 첫 등판에 퍼펙트게임을 끌어냈다는 것은 이미 대사건이었다.

그러나 그 일에 관해서는 담담한 기분이다.

짧지만 20년 동안 세상을 살아오면서 깨닫게 된 단 한 가지.

행운은 등 뒤에 불운을 업고 온다는 사실이다.

동전의 앞뒷면처럼 쌍으로 붙어 다니는 행운과 불운.

되도록 나는 감정을 가라앉히고 드러내지 않으려 노력하고 있을 뿐이었다.

조용히 감동을 맛볼 뿐.

양 도사와 함께 설악산에서 지내던 때도 마찬가지였다.

쓸 만한 더덕이나 도라지, 산삼과 같은 약성 짙은 약초를 발견하고 그 기쁨을 감추지 못하고 소리를 질렀다.

그럴 때마다 어떻게 알았는지 귀신같이 나타나 날름 캐갔던 양 도사.

처음에는 무슨 수를 써도 숨길 수 없었다.

몇 번은 귀한 약초를 착복할 심산으로 머리를 굴렸다.

그러나 양 도사가 절대 그냥 놔두지 않았다.

개코도 그런 개코가 없었다.

약초를 캔 날은 어떻게 알았는지 종류까지 알아맞히며 나를 고문했다.

이후 터득한 것이 양 도사 앞에서 뻔뻔함을 유지할 수 있다면 세상 모든 사람을 속일 수 있다는 사실이었다.

일정 경지의 뻔뻔함을 터득하기 전까지 나는 양 도사에게 계속해서 약탈을 당했다.

그런 일들이 반복을 거듭하는 동안 나는 나대로 양 도사를 속일 수 있게 되었다.

양 도사를 속이는 것이 아니라 내가 나를 속였을 때 비로소 양 도사가 내 꾀임에 넘어갔던 것이다.

결국 내가 나를 속이지 못한 데서 양 도사의 독심술에 무방비로 당할 수밖에 없었다.

천지를 속일 수 있는 가장 뛰어난 방법은 간단했다.

먼저 소리와 향, 그리고 움직임을 멈추는 것이었다.

그 다음은 나를 감추는 것이다.

그래야 내가 나를 속일 수 있고 드디어 이룩할 수 있는 것이 감춰져 있는 복 더 받기 신공이다.

감추기 신공이 어느 정도 경지에 올라서야 양 도사로부터 내 수확물을 거뜬히 지킬 수 있었다.

지금도 종류만 달라졌을 뿐 상황은 마찬가지로 여겨졌다.

워낙 능력이 탁월하다 보니 덕분에 대단한 기록을 세웠다.

물론 나를 지켜보던 사람들은 확신할 수 없었겠지만 나는 당연한 결과를 얻었다고 생각했다.

관중들과 동료들의 엄청난 환대에 기분은 날아갈 듯 좋았다.

마음이 들뜨고 흥이 나는 것을 감추기란 쉽지 않다.

그러나 들뜬 마음을 가라앉히고 평상심을 유지하며 잔바람에 흔들리는 촛불을 잡듯 나를 다스렸다.

더 앞으로 나아가야 한다.

한 번의 영광으로 다가올 미래를 뒤웅박처럼 깨뜨리고 싶지 않았다.

벼는 익을수록 고개를 숙인다 하지 않던가.

천지 간에 인간만이 최고일지 모르지만 그 역시 인간의 생각일 뿐.

눈에 보이지 않는 눈을 더 조심해야 했다.

양 도사는 늘 나의 눈에 띄지 않는 곳에서 나를 지켜보았다.

"아무리 그래도 이런 날은 정신줄 좀 풀고 하루쯤 쉬어도 좋을 텐데요."

파밧.

제시카의 눈빛에 나를 향한 존경심 같은 게 비쳤다.

'…저 눈빛… 위험한데…….'

여름이라고는 하지만 샌프란시스코의 저녁 바람은 시원했다.

살짝 바람이 불 때마다 가볍게 날리는 목에 두른 스카프가 제시카를 더욱 더 매력적으로 보이게 했다.

새하얀 목이 슬쩍슬쩍 드러나 보였다.

손톱만한 무수한 문양이 주름 스커트를 채우고 있었다.

목이 깊게 파인 블랙 니트를 입고 호피 무늬 스카프를 둘렀다.

마 소재의 멋스러운 스카프가 바람을 타고 몇 차례 더 날렸다 가라앉았다.

뭔가 섹시하면서도 정숙한 이미지가 함께 느껴졌다.

제시카의 매혹적인 푸른 산호빛 같은 눈동자에서 순간 뭔가 진하게 전해져 왔다.

손만 살짝 뻗어도 바로 품에 안겨올 것 같은 도발적인 기운.

"차는 어떻게 합니까?"

"임시 면허가 발급될 때까지는 운전기사가 도움을 줄 거예요. 며칠이면 된다고 해요. 그리고 시간이 나면 따로 운전면허 시험을 치르도록 해요."

"네~ 알겠습니다."

말을 돌려 선을 그었다.

감정적인 줄타기 따위를 할 시간도 없었다.

양 도사의 말대로 누구나 한 번은 겪어야 하는 인생사라면 좋은 일들을 엮이고 싶었다.

20년 동안 충분히 맛본 불행의 연속.

고통만큼의 비중으로 행복 역시 안배되어 있는 것인 인생이란 걸 믿고 버텨온 세월이었다.

항상 속으로 외치는 말이지만 세상에 신이 있다면 나에게 더 이상의 시련을 주어서는 안 될 일이다.

다른 사람들의 삶과 비교해도 평생에 걸쳐 겪어야 할 불행을 나는 다 겪었다.

아니, 그보다 더 겪었는지도 모른다.

진하고 굵게 엑기스로 말이다.

누구나 자신이 겪는 고통은 가장 무겁고 가혹하게 마련이다.

그런 점에서 나 역시 처절하게 지나온 세월에 버금가는 행복을 떳떳하게 누릴 자격이 있다고 생각했다.

간단하게 말해 보통 사람 같으면 양 도사 밑에서 단 열흘을 버티기도 힘들 것이다.

수시로 희로애락의 끝을 보여주며 인간의 한계와 만나게 했던 양 도사의 갈굼 신공.

정신적 폭력에 그쳐 다행이었지만 수시로 신체적인 위해도 받았었다.

'으으으.'

잠깐 생각하는 것만으로도 한기가 들었다.

미국까지 건너와 있는 상황이었음에도 심리적인 불안감이 아주 가시지 않았다.

안심해도 될 만한데 양 도사만 떠올리면 혼이 심히 쪼는 듯했다.

'강민, 정신 차려.'

나는 다시 한 번 내 자신을 안심시켰다.

'절대 이곳까지 올 수 없어!'

양 도사가 등평도수의 신공을 수련해 전설의 공간 이동술이라도 터득했다면 모를까 태평양을 건너올 일은 없을 것이다.

그렇게 마음을 다지지 않고는 이룰 수 없는 나의 미래.

세계 곳곳으로 전파를 탄 나의 행보들.

시간만 나면 텔레비전 앞에 죽치고 앉아 시간을 보내는 양 도사를 생각하면 이미 나에 관한 정보를 다 파악했을 것이다.

잘나가는 것을 알게 되면 뻔뻔함이 하늘을 찌르는 양 도사가 어떻게 나올지 빤했다.

어린 나를 갈취하면서도 입에 달고 살았던 퇴직금과 복리후생비 해결에 기타 노령 연금까지 챙기려 할 것이다.

법과 양심 사이에 15층 높이만큼이나 높은 담을 쌓고 살아온 양 도사.

'배 좀 아프시겠지? 흐흐.'

방바닥을 치고 배 아파할 스승 양 도사를 떠올리니 속이 살짝 풀리는 듯했다.

바라는 게 있다면 중계방송을 보다 화병에 곧장 우화등선할 수 있기만을 바랄 뿐이었다.

제발 후배 도사들을 위해서라도 미련 없이 세상과의 연줄 좀 자르기를 기원했다.

그렇게만 된다면 나도 벌어 놓은 게 있으니 후하게 선계 우화등선 대륙 기념제를 드려줄 수도 있었다.

간절하게 빌고 또 빌었다.

사실 까놓고 말이지 인간으로 태어났다면 양심이 있어야 하지 않겠는가.

한 세기 점찍고 사라져줘야 자연의 순환법칙에도 어긋나지 않고 세상도 제 속도대로 흐르고 말이다.

'나는 딱 한 세기면 된다……. 아니, 거기에 1년만 더 살다 등선할 것이다!'

절대 양심 없는 스승의 뒤를 밟지는 않겠다고 다짐했다.

도사계의 폭력 수괴.

멀리 고국 산중에서 나를 원망하고 있을 스승을 생각하며 또 하나의 다짐을 가슴에 새겼다.

"민… 아쉬운 대로… 우리 술 한잔할까요?"

'……!!'

촉촉하게 젖은 목소리로 본색을 드러내려는 제시카.

나를 부르는 이름이 마치 버터를 바른 듯 미끄덩거렸다.

본격적으로 나를 어찌 해 보려는 의지를 내비쳤다.

아직은 내가 미국 법으로 미성년자 신분임을 알고 있는 제시카.

"제시카… 법을 어기고 싶지 않아요. 물론 양심을 속이고 싶지도 않고요."

나는 양심껏 살아온 사람이었다.

"그리고 저는 모범적인 로얄 썬라이징을 대표하는 스타가 되고 싶어요."

나는 사업적인 관계를 언급해 말을 돌렸다.

"풋… 알겠어요."

가벼운 농담처럼 대답한 나의 말에 아쉬운 듯 미소를 지었다.

여기저기 뛰어다니느라 늘 시간에 쫓기는 제시카.

언젠가는 그녀를 흡족하게 만족시켜 줄 그런 남자를 만날 수 있을 것이다.

아무리 외롭다 해도 그 상대가 나는 아니었다.

나는 신토불이가 좋은 대한민국의 남자였다.

같은 문화와 환경에서 비슷한 사상을 나누며 살고 싶었다.

"제시카, 제가 부탁한 일은 어떻게 됐습니까?"

"곧 발촉할 거예요."

"잘 부탁합니다."

"걱정 말아요. 그룹 후원재단과 비슷하게 운영하게 될 거예요. 그룹 변호인단에서 서류를 만들고 있어요. 민은 사인만 하면 돼요."

오래전부터 생각해 왔던 일이었다.

벌이가 안정되고 내가 누군가를 도울 수 있는 입장이 되면 꼭 사회복지에 관심을 갖겠다고 말이다.

멀리 갈 것도 없이 내가 바로 그 혜택을 받고 자란 장본인이었다.

다행히 미국의 세금 규정이 나에게 도움을 준 셈이다.

연방세와 주세를 빼고 나면 내가 벌어들인 돈에서 순수익은 절반에도 못 미친다.

이왕 그렇게 된 것 법적으로 비용처리가 가능하니 법정기부금을 듬뿍 내 비영리 후원재단을 하나 설립하는 게 좋다는 결론을 내렸다.

결국 혼자 살 것도 아닌 세상.

사정이 된다면 누군가를 도우며 사는 게 살 만한 세상을 만드는 데 일조하는 일 아니겠는가.

그럴 일은 없어야 하겠지만 나중에 내가 어려워진다면 나를 다시 일어서게 해줄 든든한 후원자들을 얻게 될 수도 있는 일이었다.

또 현대를 살아가는 가진 자들이 갖춰야 할 중요한 지혜이자 덕목이기도 했다.

"그거 알아요?"

"뭘 말입니까?"

"오늘 K 티셔츠가 2만 장이나 선주문 들어왔대요."

'흐흐. 본격적으로 시작되었군.'

"잘됐군요."

"그렇죠? 대단한 일이에요. 하루에 2만 장이나 셔츠가 나가는 일은, 그것도 선주문으로 들어온 경우는 거의 없는 일이에요."

짭짤하게 부수입을 올릴 수 있는 게 셔츠를 비롯해 기타 용품을 판매하는 일이다.

캐릭터가 돈이 되는 세상에서는 스타 한 명이 일인창조 기업인 셈이다.

"제시카, 은혜는 꼭 갚겠습니다."

나는 사무적인 눈빛으로 제시카의 눈을 똑바로 바라보았다.

"그런 투로 말하지 말아요, 민. 당신의 성공은 결국 우리 회사의 미래이기도 하니까요."

찡긋.

씨익.

나는 일부러 제시카의 눈을 피하지 않았다.

아니나 다를까 한쪽 눈을 깊게 감았다 뜨며 윙크를 날렸다.

나 역시 그녀와 거의 동시에 미소를 지었다.

본격적으로 꽃피기 시작한 아름다운(?) 동행이 시작된 순간이었다.

동업자 정신으로 무장해야 하는 시간.

제시카와 함께 내가 만들어 갈 신세계 스포츠 사업.

나, 강민.

바로 K라는 이름으로 미국에 다시 태어난 내가 사업 그 자체였다.

제5장
달콤한 미끼

"호오, 꽤 흥미로운 구석이 많은 남자야."

멀리 샌프란시스코의 명물 알카트레즈 아일랜드의 불빛이 황홀하게 보이는 곳.

해변가 호텔의 스위트룸에 짐을 풀었다.

스포츠 중계가 연속 방영되고 있었다.

샌프란시스코 자이언츠와 뉴욕 메츠의 경기.

방송에서는 메이저리그에 갓 올라온 루키 투수를 집중적으로 내보냈다.

채널마다 조금씩 다루고 있었지만 하나같이 그의 위대한 업적에 대해 얘기했다.

100여 년이 넘는 메이저리그 역사상 오늘까지 단 23번밖에 기록을 못했다는 퍼펙트게임을 이뤄냈다는 것이다.

뿐만 아니라 신인 투수가 첫 타석 때 홈런을 때렸고 연달아 다음 타석까지 홈런을 뽑아냈다.

게다가 5타석에 하나의 볼넷 4안타를 때린 것도 기염을 토할 일이라고 했다.

그야말로 메이저리그 역사상 처음 있는 기록.

침을 튀겨가며 놀라워하는 아나운서들의 흥분 상태가 전혀 이상하게 보이지 않을 정도였다.

스윗.

텔레비전에 시선을 고정한 채 조용히 꼬고 앉아 있던 다리를 풀어 자세를 바꿨다.

키가 큰 편은 아니었지만 꽤 볼륨감 있어 보이는 체형.

암고양이 같은 묘한 매력을 발산했다.

늘 첫인상은 순간적으로 귀엽다고 느껴지는 미요코.

하지만 잠시 동안만 시선을 고정해도 날카롭고 퇴폐적인 느낌은 강하게 풍겼다.

스으으으윗.

미요코는 최고급 붉은 비단천을 풀어 가문의 보검을 조심스럽게 닦았다.

츠팟.

과거 막부 시대 검을 다루던 명장인이 제작한 접쇠단련

검이다.

현대 사회의 어느 철강 기업에서 제작하는 것보다 더 단단하다고 평가 받는 진검.

쌍검 한 쌍을 들고 미요코는 가문과 연계돼 있는 항공사를 통해 미국으로 들어왔다.

이 시대의 일월문은 닌자 가문으로만 유지되는 것이 아니었다.

먼 미래를 보고 가문을 경영하고 있는 일월문.

꾸리고 있는 기업체만도 무수히 많았다.

세계 곳곳에서 자리를 잡은 기업들만으로도 손쉽게 작업용 장비를 운반할 수 있었다.

"안타깝군……. 내 미래가 너에게 달려있다는 것이……."

이것도 운명이라고 한다면 미요코는 더 이상 할 말이 없었다.

살수행에 실패한 닌자에게 더 이상의 미래는 존재하지 않았다.

어떠한 이유를 막론하고라도 가문의 명령을 완수해야 했다.

그를 제거하는 순간 가문에서 미요코는 진정한 후계자가 될 수 있었다.

제거 대상으로서 대면하지 않았다면 나았을지도 모른다.

하지만 그의 심장에 검을 박아야 할 숙명이 미요코의 일이었다.

"그래도 며칠 시간은 주겠어…… 박수칠 때 떠난다……"

가장 화려하고 명예로운 순간에 죽음을 맞는다면 그도 억울하지만은 않을 거라고 생각했다.

또 그런 그의 심장을 가문에 올리게 된다면 어른들도 흡족해 할 것이다.

물론 이것은 순전히 강민에게 해줄 수 있는 미요코의 선물이었다.

3년 전의 살행이 실패로 돌아가지만 않았어도 이렇게 멀리 돌아오지 않아도 되었다.

그 덕에 십이매방관을 돌파하고 진정한 고수가 된 것도 사실이다.

고생을 하긴 했지만 그 덕에 분명히 얻게 된 것이 있다.

그 대가는 돌려주고 싶었다.

그자 덕분에 얻게 된 가문의 비기가 아닌가.

커다란 텔레비전 화면에 환한 웃음을 띤 그가 나타났다.

"제법… 볼수록 꽤 괜찮은 자야……"

가문의 후계자가 되기로 마음을 먹은 후 여자로서의 삶은 포기했던 미요코였다.

여성으로서의 눈은 실명한 지 오래.

그런 그녀의 눈에도 꽤 괜찮은 남자의 표본이 되어버린
강민.

"…고통 없이 보내줄게. 나의 검을 받으면서도 웃을 수
있게……."

미요코는 일정 경지에 환희살검을 펼칠 수 있었다.

스으으윗 스으으윗.

은빛으로 발광하는 검빛에 미요코의 얼굴이 순간 환해졌
다 본래대로 돌아왔다.

그런 그녀의 입가에 더 차가운 빛의 미소가 번졌다.

조용히 붉은 비단을 쥐고 나신의 검을 닦았다.

살행의 도를 찾아가는 명인의 모습이 따로 없었다.

"무슨 말이야? 그게 제정신으로 하는 소리야?"

홈경기가 끝나고 찾아온 달콤한 휴식.

고작 하루였지만 선수들에게는 없어서는 안 될 시간이
다.

시즌 중이기 때문에 선수들에게 제대로 된 휴식은 주어
지지 않았다.

다른 어떤 스포츠 종목보다 빡세기로 유명한 메이저리
그.

워낙 땅덩어리가 넓다 보니 한 번 원정 출정이 있은 후의
선수들 체력은 엉망이 되었다.

아침부터 일찍 시원한 바닷바람을 맞으며 해변 산책 도로를 한 바퀴 돌았다.

요 며칠 동안 제대로 달리지 않아 몸이 서서히 신호를 보내오고 있었다.

거의 매일을 미친 듯 내달렸던 게 일상이었던 나.

습관이 무서운 것은 몸이 게으름을 견뎌내지 못한다는 것이다.

넓지 않은 공간에서 펼치는 장생신선술 덕분에 몸과 혈도의 상태는 좋았다.

그러나 자연 속에 묻혀 활동할 때와는 몸 상태가 차원이 달랐다.

오랜만에 생동감 있는 아침을 보내고 운전기사를 대동한 채 샌프란시스코 자이언츠 홈구장에 왔다.

내일 있을 시카고 컵스와의 원정 경기 때문에 오후 5시까지 선수들이 집합하기로 돼 있었다.

차를 이용한 이동이 불가능해 전용 비행기를 타고 떠나야 했다.

시카고에 도착한 후 약간의 휴식이라도 취할 수 있게 하려는 구단 측의 배려였다.

홈구장에 도착한 시간이 정오 무렵.

나는 바로 감독 사무실로 향했다.

샌프란시스코 자이언츠에 합류하고도 제대로 인사를 나

누지 못했던 다루스 보치 감독.

어제 잠깐 나의 어깨를 두들기며 잘했다는 말을 건넸다.

키가 나보다 컸고 턱수염과 콧수염은 물론 머리색깔이 희끗희끗했다.

언뜻 인상은 좋아 보였지만 눈썹이 강하고 짙어 남다른 고집이 있음을 짐작할 수 있었다.

프랑스 출신이면서 샌프란시스코 자이언츠의 감독이 된 특이한 이력의 소유자였다.

기대 이상의 활약을 펼친 나에게 완전 호의적으로 나왔다.

짧은 시간이었지만 화기애애한 분위기 속에 대화를 나누었다.

개인적으로 바라는 게 있으면 사양하지 말고 말해보라고 한 다루스 보치 감독.

두 번 생각하지 않고 내일 타자 포지션을 달라고 요구했다.

나의 말에 깜짝 놀라 재차 확인해 왔다.

"네, 투수와 포수석을 제외하고 모두 괜찮습니다."

"……."

어이없는 표정으로 나를 빤히 쳐다보는 다루스 보치 감독.

내가 야구 상식을 벗어나는 언행을 한 것은 맞았다.

"K, 자네가 마이너리그에서 며칠 동안 대단한 활약을 한 것은 알겠네. 하지만 이곳은 메이저리그야. 어설픈 허슬 플레이로 경기를 망칠 수도 있어!"

"……."

다루스 보치 감독은 나의 합류 전까지만 해도 꽤 잘나갔던 샌프란시스코 자이언츠였던 것처럼 말했다.

인간은 망각으로 산다고 했지만 이건 아니었다.

솔직히 샌프란시스코 자이언츠는 더 이상 망칠 경기도 없었다.

자이언츠의 속사정을 모르지 않은 내 앞에서 말도 안 되는 소리를 했다.

앞뒤 전후 보이는 곳마다 구멍이 나 내셔널리그 서부 5위를 마크하고 있는 꼴찌 팀.

하지만.

"맡겨만 주십시오. 아니라고 생각되시면 그때는 교체하셔도 좋습니다."

꼭 입에 대봐야 한다면 먹게 해줘야 한다.

된장인지 똥인지 아직도 구분을 못하고 있었다.

다루스 보치 감독은 상품명만 믿고 당할 수도 있음을 잘 아는 신중한 고갱님(?)인 셈이다.

다르긴 했지만 프레즈노의 밥 마리오 감독이 갖은 의구심과 다르지 않았다.

"K, 자네 마음은 알겠네. 하지만 이건 야구 선배로서 하는 충고야. 그러다 어깨 못 써!"

'참 고집 세시네⋯⋯.'

"계약서 봤네. 올해만 넘기면 어떻게 버티면 자네가 생각하는 대박 문제 없겠더군. 꼭 이렇게까지 무리를 하지 않아도 된다고."

물론 나의 태도가 이해될 리 없다.

프로 조련사 못지않은 다루스 보치 감독 눈에 나는 한낱 객기를 부리고 있는 루키일 뿐이다.

게다가 최근 메이저리그에 어마어마한 자금이 풀리면서 장기 계약을 하게 되면 2억 달러까지도 볼 수 있는 시장이 되었다.

그러나 이것저것 제하고 나면 7년 동안 1억 달러 수준.

물론 마이너리그 선수들이나 나와 생각이 다른 메이저리그 선수들에게는 반가운 소식이었다.

그럼에도 불구하고 나에게는 그다지 매력적인 조건이 아니란 사실이다.

돈만이 목적이었다면 이렇게까지 하지 않아도 됐었다.

한국에서 1차 해소할 수 있는 목표였다.

물심양면으로 나의 뒤를 받쳐주었던 예린이에 충성하는 것으로 오성 그룹 지분을 받고 끝냈을 것이다.

부와 명예는 보너스.

대신 나의 능력을 한껏 발휘하며 자유를 누릴 수 있는 스포츠 스타가 되는 것.

야구는 인간적으로 선수단 일정이 너무 빡빡했다.

사람마다 각자에게 맞는 옷이 있듯 꾸는 꿈과 가는 길이 다른 법.

그런 면에게 나에게 가장 잘 어울리며 잘 맞는 스포츠 종목이 골프였다.

대신 야구에 발을 들인 이상 그냥저냥 놀다 갈 수 없을 뿐이다.

최선을 다해 야구 역사에 한 획을 긋고 기꺼이 기쁜 마음으로 나의 영역으로 뜨는 것이다.

이 바닥은 일 년에 160번의 게임이 넘는 경기가 벌어진다.

장거리 이동까지 합산하면 거의 200일 이상을 팀 동료들만 상대하며 지내야 한다.

한 버스, 한 비행기를 타고 다니며 쳇바퀴 대신 야구장을 돈다는 것이다.

삶의 모든 부분이 그러하겠지만 고행도 이런 고행이 없었다.

같은 남성들과 장시간 지내느니 물소의 뿔처럼 혼자가 나왔다.

지금도 코끝을 자극하는 듯한 사내의 냄새.

고개가 절로 저어졌다.

그 사람이 풍기는 순수한 사람 냄새였겠지만 오랫동안 한 사람과 지낸 나로서는 그 당시 질려 버렸다.

몇 억대의 연봉을 제시하고 장기 계약을 하자고 해도 반갑지 않았다.

그 계약이야말로 양 도사의 계약서 없는 착취보다 더한 노예 계약서가 아니고 무엇이겠는가.

취향 문제지만 골프는 달랐다.

연이은 게임도 많지 않지만 보통이 4일 경기만 치루면 된다.

또 총상금이 500만 불 이상인 연중 경기 내에 약 30개 정도만 돌면 됐다.

피곤이 누적될 일도 없었다.

컨디션이 좋지 않으면 쉴 수도 있고 게임 장소가 일단 자연친화적이었다.

경치 좋은 곳을 여행하는 듯한 기분.

젠틀하게 즐기면 되는 것이다.

더욱이 혼자 하는 게임이라 다른 스포츠 종목처럼 동료들의 영향을 받는 일도 없었다.

오로지 개인의 실력과 컨디션, 운 등의 복합적인 작용만 있을 뿐이었다.

몸값을 떼이는 일도 없었고 스폰서 계약 등에서도 자유

로웠다.

진정한 자유가 보장되는 일인 기업.

아니 프로 골퍼 정도라면 그룹에 속한다고 해도 과언이 아니었다.

인류 역사상 그 어떤 곳에서도 예외가 없는 0.1프로의 룰.

스포츠뿐만 아니라 개개인이 속한 그룹에서 0.1프로 안에 드는 이들만이 부와 명예를 동시에 얻었다.

그 안에 들지는 못하더라도 근접해야 한다.

골프야말로 그 면에서 승자 독식의 고품격 전쟁터가 아닐 수 없었다.

매 게임마다 나의 심장은 뛸 것이다.

그러기에 충분한 평생직장으로 손색이 없었다.

"감독님, 계약서를 보면 아시겠지만 저는 올 한 해만 야구를 할 생각입니다."

"그, 그건 무슨 소리인가?"

"이해가 안 되실 거라고 말씀을… 저는 프로 골퍼가 될 겁니다."

"고, 골프?"

눈을 동그랗게 치뜨는 다루스 보치 감독.

가끔 야구에서 골프로 종목을 전향하는 사람이 있기는 했다.

스스로 생각하기를 팔 힘과 허리 근육의 발달 등으로 골프 클럽을 사용하는 데 용이하다는 생각에서이다.

　하지만 아무리 야구를 잘했다고 해도 골프까지 잘 할 수 있는 것은 아니다.

　몸에 밴 타격 폼 때문에 일정 이상 골프 실력에 방해가 된다는 것은 잘 알려진 정보이다.

　다루스 보치 감독 역시 그 시선으로 나를 보고 있었다.

　"고등학교 때부터 골프 선수였습니다. 개인적인 사정으로 잠시 외도 중일 뿐, 제 꿈은 여전히 골프입니다."

　"K! 그런 말을 듣고 싶은 게 아니야. 무슨 소리를 하는 건가!"

　"시간이 많지 않다는 말씀을 드리는 겁니다."

　"자네 정도 실력이면 10년 보장에 3억 달러도 가능하네. 프로 골퍼로 성공한다는 보장은 없어! 쉽게 생각하지 말게."

　인생 코스 반절 이상을 이미 돈 다루스 보치 감독의 진정한 충고가 이어졌다.

　그의 눈빛이 심하게 흔들렸다.

　야구를 사랑하는 사람이라면 당연히 나를 만류하는 게 옳았다.

　"그라운드에서 뛰는 동안 잘 부탁합니다."

　"끙……."

"감독님! 올해도 월드시리즈 우승 한 번 더 하셔야죠?"

"!!!"

신음을 내뱉던 다루스 보치 감독이 나를 빤히 쳐다보았다.

흔들리던 눈빛은 사라지고 두 눈이 동그랗게 커졌다.

"그, 그건 또 무슨 말인가!"

현재 샌프란시스코 자이언츠는 현실적으로 우승이 불가능한 상태였다.

팀도 리빌딩 되지 않은 상황이라 꼴찌만 면해도 감사할 판이다.

내셔널리그 챔피언도 아니고 월드시리즈 우승 얘기에 말도 안 된다는 표정이다.

분명한 것은 야구는 혼자 할 수 없다는 것이다.

스물다섯 명의 선수들과 감독, 코치.

또 구단의 전폭적인 지지와 행운까지 함께 해야 승리의 월계관을 얻을 수 있었다.

메이저리그 역사상 내셔널리그 팀이 3년 연속 월드시리즈를 재패한 적은 없었다.

전설의 양키즈나 만들어 냈던 위대한 업적.

다루스 보치 감독도 사람인데 왜 욕심이 나지 않겠는가.

하지만 월드시리즈에 우승 직후가 되면 베테랑 선수들의 몸값은 천정부지로 치솟는 게 수순.

일찌감치 포기하는 경우가 많았다.

모든 팀이 베테랑 전력으로 우승을 거머쥐는 것은 아니지만 신인들의 패기로만 승부를 보기에는 그 배경이 대단히 상업적인 곳이 메이저리그였다.

"팬들도 감독님을 영원히 기억할 것입니다. 내셔널리그 팀에서 메이저리그 3연패를 달성시킨 위대한 감독! 생각만 해도 뿌듯하지 않습니까?"

아부가 아니었다.

가능한 미래를 얘기할 뿐.

꿀꺽.

다루스 감독은 마른침을 삼켰다.

나의 말대로만 된다면 메이저리그 역사의 또 다른 진기록을 세우는 것이 된다.

이미 퍼펙트를 통해 메이저리그의 한 장을 장식한 나.

나 이전 메이저리그 루키가 첫 등판에 퍼펙트게임을 만들어 낸 적도 없을 뿐만 아니라 앞으로도 불가능할 것이다.

"자신 없으십니까? 전 가능하다고 봅니다. 지난해와 달리 선발진이 무너졌다는 사실은 저도 알고 있습니다. 하지만 저를 비롯해 다른 한 명만 충원해 주신다면 충분히 4선발까지는 먹힐 겁니다."

"그, 그게 말이 쉽지······."

"타선에서 한두 개씩만 터져 준다면 승산이 있습니다."

지난 밤 나름대로 꼼꼼하게 분석해 본 샌프란시스코 자이언츠의 전력 상황.

샌프란시스코에 장기 계약으로 묶여 있는 벳 케인을 비롯해 마크 범가너는 믿을 수 있었다.

"K! 무슨 말인지 충분히 알겠네. 하지만 생각해 봤나? 투수와 타자들도 문제가 많아. 출루율이 출중한 1루수도 없는데다 클린업 트리오도 이빨 빠진 상어처럼 중간 중간 빠졌어. 이런 타선으로는 약팀 상대는 어느 정도 가능하겠지만 강팀에는 먹히질 않는다고."

물론 다루스 보치 감독이 나보다 팀 사정에는 밝았다.

받아들이기 힘들겠지만 승부의 세계는 냉정한 법이다.

"제가 1번 타자로 나가겠습니다."

"뭐라고???"

"지켜봐 주십시오. 포수 잭 윌리엄이 제몫을 해낼 겁니다. 스윙 폼과 배트 스피드, 파워까지 모든 요소가 리그 정상급입니다."

"그래……. 어제 2안타를 때린 건 인상적이더군."

"그리고 크릭 헤스톤을 빨리 불러오시면… 선발진이 갖춰질 겁니다."

"크릭 헤스톤……? 그 친구 겨우 마이너리그에서 1승을 올렸을 뿐인데……."

다루스 보치 감독은 크릭 헤스톤의 지금 상태를 정확하

게 파악하지 못하고 있는 듯했다.

"크릭 헤스톤… 완치되었습니다. 제 눈으로 직접 확인했습니다."

"음……."

"2선발급은 확실할 겁니다. 한 번 올려서 테스트 해보십시오. 마이너리그에 계속 두기에는 팀 사정이 좋지 않다고 생각됩니다."

벌써 경기 일정의 절반에 가까운 게임이 끝난 상태였다.

며칠만 지나면 7월이다.

남은 시간이 얼마 남지 않았다.

"알겠네. 내 한번 확인해 보지."

"감사합니다."

"무슨 소리를… 자네 같은 선수 두 명만 있었어도 팀이 이렇게까지 바닥을 기지는 않았을 것이네."

"감독님! 한 가지만 더 부탁을 드려도 되겠습니까?"

"뭔가?"

실력으로 나를 확인한 다루스 보치 감독은 다른 선수들보다 한층 부드럽게 대했다.

어제 경기에서 우승한 것만으로 이미 내 연봉은 200만 달러를 훌쩍 넘었다.

선수 몸값이 실력을 증명하는 메이저리그.

다루스 보치 감독이 일개 선수인 나를 무시할 수 없는 단계가 된 것이다.

"4일 로테이션으로 저를 투입해 주십시오."

"허억! 4, 4일 동안 로테이션……."

중요한 경기 때는 선수들이 3일 로테이션으로 뛰기도 했다.

대신 선수 생명을 위해서 5일 선발 체계가 굳어져 있는 메이저리그.

쉬는 날과 컨디션이 좋지 않은 결장 날까지 포함해 6일에 한 번 정도 등판하는 게 평균이었다.

그런데 내가 지금 1루수로 출장하고 4일에 한 번씩 등판하겠다고 미친 소리를 하고 있었다.

"과거에 없었던 일도 아닙니다. 연속 등판하기도 했고 대부분 타석에도 섰습니다."

사실이 그랬다.

그때보다 체계적인 의료 시스템까지 갖춰져 있었고 훈련 방식만 잘 따른다면 무리는 없었다.

물론 보통 선수들로서는 분명 무리였다.

운동선수들의 체력이 일반인보다 좋다고 해도 그것만으로 소화할 수 없는 엄청난 운동량을 필요로 하기 때문이다.

과거 메이저리그 초창기 시절에는 빈번했던 일이었다.

선발투수가 연속 등판하는 것은 예사였고 하루나 이틀

쉬고 다시 타석에 서는 일도 많았다.

하지만 지금 같은 시절에 메이저리그에서 그렇게 선수들을 돌린다면 팀은 두말할 것 없이 욕을 얻어 먹을 것이다.

"K! 자네는 젊고 강한 선수네. 하지만 무리야. 4일 로테이션이야 그렇다 치지만 매일 일반 타자로 나서는 것까지는 반대일세."

다루스 보치 감독은 양심이 살아 있었다.

양심이 있는 구단 관계자라면 이렇게 나와야 정상이다.

'감독님! 저⋯⋯.'

나는 돈을 벌어야 했다.

시간은 돈과 직결된다.

젊을 때 이런 개고생(?) 해놓지 않으면 늙어서 똥지게를 지거나 양 도사 못지않은 사기꾼이 될 가능성이 높았다.

"제가 책임지겠습니다."

"K⋯⋯."

"혹시라도 몸에 이상이 느껴지면 즉시 멈추겠습니다. 감독님도 아시겠지만 제 타격 능력은 수준급입니다. 믿어 보십시오."

"자네를 못 믿어서가 아니네."

"제가 들어가는 순간 팀은 예전의 명성을 되찾게 될 겁니다."

4일 로테이션이면 감독에게 엄청난 전략적 여유가 생길

것이다.

짱짱한 선발들이 나서고 볼펜들이 적당히 휴식을 취하며 제 역할을 해준다면 승리를 거머쥐는 건 일도 아니었다.

거기에 1번 타자가 공격의 물꼬를 터 준다면 금상첨화.

"분석 자료 검토해 보시면 알겠지만… 도루 확률 100프로입니다."

"……."

다루스 보치 감독의 눈빛이 다시 한 번 흔들렸다.

아무도 그 전적이 없는 메이저리그 3년을 연속 재패한 명감독의 위업.

선수 선택 폭이 좁은 상황에서 선발투수와 1번 타자가 해결된다는 것은 엄청난 소득을 얻은 것과 같았다.

"감독님! 월드시리즈 반지 끼고 싶습니다."

기왕에 시작한 야구.

온 김에 정상을 한 번 찍어보고 떠나는 것도 의미가 있었다.

나는 진심을 담아 다루스 보치 감독을 자극했다.

"아, 알았네. 단장님과 상의해 보겠네. 기대는 하지 않고 있는 게 좋을 걸세."

"오케이~!!"

한번 시작한 것은 만족스러운 결과를 얻을 때까지 달려봐야 직성이 풀렸다.

장담하건데 구단 쪽에서는 수락하게 될 것이다.

나로 인해 부수적으로 얻게 되는 이익이 어마어마했다.

상황이 그러한데 구단 수뇌부가 계산기를 두드려보지 않을 리 없다.

쓸 만한 선발투수 한 명 합류시키는 데 투자되는 자금은 적지 않았다.

그야말로 투수는 부르는 게 값인 메이저리그다.

1번 타자도 상황은 마찬가지.

팀의 핵심인 4번 타자만큼이나 호타준족에 출루율까지 높은 1번 타자는 팀의 보석 같은 존재였다.

1번으로 나가 처음부터 상대 투수 기를 팍 죽여 놓게 되면 다음 플레이가 쉽게 풀렸다.

"하하, 감사합니다."

기분 좋게 웃었다.

나는 미끼를 던졌고 다루스 보치 감독은 그 미끼를 물었다.

아니 물지 않고는 다음 경기가 제대로 운영되지 않을 것이다.

게다가 내 일은 내가 스스로 책임지겠다고 선포한 마당이다.

구단 측과 이견이 난다 해도 욕심을 내볼 만한 핑계거리들은 널렸다.

"K, 잘 부탁하네."

"별말씀을 다 하십니다. 저야말로 잘 부탁드립니다."

"필요한 게 있으면 말하게. 바로 처리해 줄 테니."

"아닙니다. 지금도 충분히 만족합니다."

하루아침에 다루스 보치 감독보다 높은 연봉을 받게 된 나였지만 그게 다가 아니라는 것쯤은 잘 알고 있다.

샌프란시스코 자이언트 팀의 우두머리인 감독.

야구 바닥에서 잔뼈가 굵은 연장자에게 예의를 차려 나쁠 건 없었다.

정상에 선 만큼 그들 사이에 눈에 보이지 않는 경쟁심은 대단했다.

그럼에도 그들은 예의를 차릴 줄 알았다.

선수들도 트리플A만큼 거칠지도 않았다.

모든 면에서 깨끗하고 청결한 환경이 제공되고 있는 샌프란시스코 자이언츠 홈구장.

메이저리그에 발을 들이는 순간 돈과 명예를 성취한 야구 천재들의 놀이터.

이곳에서는 자신과의 싸움에 바쁜 시간을 보냈다.

그야말로 진정한 프로의 세계라고 할 수 있었다.

스스로의 의해 무너진 자는 패배하는 곳.

하지만 견뎌내고 극복한 자들에게는 달콤한 부와 명예가 양손에 쥐어지는 그런 곳이었다.

끼릭.

문 밖으로 사라지는 K.

"배짱이 두둑한 친구군…."

상식적으로 말도 안 되는 제안을 하고 사라졌다.

선발투수들은 그야말로 팀의 중요한 재원이었다.

때문에 구단뿐만 아니라 선수 스스로도 몸을 보호했다.

한두 해 던지고 말 게 아니라면 더더욱 그래야 했다.

또 실력을 쌓아 몸값을 올린 후 FA로 풀려 대박을 터뜨려야 하기에 더욱 몸을 사렸다.

조금만 몸에 이상이 와도 곧 결장을 했다.

그렇다 하더라도 어쩔 수 없는 선발투수.

K처럼 알아서 더 던지겠다는 선수는 요즘 메이저리그에서 찾아보기 힘들었다.

그게 진심이라 해도 바라는 게 따로 있는 경우가 대부분.

"K의 말처럼만 된다면… 선발진은 완벽해."

K가 직접 1번을 맡겠다고 했다.

그리고 잭 윌리엄이 하위 타선 하나만 책임져 준다면 K가 말한 시나리오가 어려운 것은 아니었다.

머릿속이 빠른 속도로 회전하기 시작했다.

다루스 보치 감독의 두 눈빛은 최근 들어 그 어느 때보다 선명하게 빛났다.

왜 메이저리그 3연속 재패에 욕심이 없을 수 있겠는가.

현역 선수들 못지않게 팀을 끄는 감독도 일궈놓은 업적에 의해 평가받는다.

아메리카 리그의 절대 지존인 양키스와 달리 내셔널리그 팀들은 연속 3회 메이저리그 우승을 이뤄낸 적이 없었다.

3년 연속 재패를 이끌어 낸다면 다루스 보치 감독의 이름은 야구계에 영원히 회자될 것이다.

"후우……."

다루스 감독은 가슴 깊은 곳에서 고개를 쳐드는 욕망을 조용히 다스렸다.

길게 호흡을 가다듬었다.

K가 제안한 시나리오는 너무 매력적이었다.

그렇다고 모든 걸 걸고 올인할 수만도 없었다.

좀 더 세밀하게 파악하고 전략을 세워도 늦지 않을 것이다.

"크릭 헤스톤이 과거의 실력만 발휘해 준다면……."

이보다 더 탄탄한 선발진은 메이저리그에 없었다.

샌프란시스코 자이언츠의 명실상부한 1선발인 벳 케인과 2선발인 마크 범가너.

거기에 K가 합류해 지금처럼만 던져 주고 한때 미친 광속구로 불렸던 크릭 헤스톤까지 제 역할을 하게 되면 최고였다.

장담하건대 무패 행진도 가능할 것이다.

지금도 1, 2선발은 매 게임마다 퀄리티 스타트를 기록한다.

"이거 사정을 빤히 알면서도 물리칠 수 없는 제안이군…… . 후후."

어린 루키 K가 제안한 내용이 미끼라는 사실을 노련한 다루스 보치가 눈치 못했을 리 없었다.

"일단… 내일 경기에 1번 타자를 한 번 맡겨봐야겠어. 나쁠 것도 없지. 게리가 부진을 면치 못하고 있으니 우익수를 맡기면 될 거야…… ."

머릿속에 착착 그려지는 내일 경기에 대한 전략.

과연 오랜만에 다루스 보치 감독의 머릿속이 즐거운 비명을 지르고 있었다.

장기판의 말과 다르지 않은 현역 선수들.

그것도 고액 연봉자들을 말 삼아 승리를 쟁취해야 하는 전략가인 감독의 역할이었다.

그게 바로 연봉은 턱없이 낮지만 메이저리그의 감독들이 누릴 수 있는 최고의 호사였다.

제6장
파란만장의 예견

마스터 K

마르크스

"장료가 움직였다고?"

"그렇사옵니다. 대인 어른."

"음……."

공간의 넓이만 봐도 대략 40여 평은 돼 보이는 방 안.

가장 안쪽에 사람 크기만 한 와상이 재단에 모셔져 있었다.

실제 황금으로 만들어진 포대화상이었다.

돈이 있어도 구하기 힘들다는 용천향이 넓은 방에 깊숙이 배어 있었다.

바닥 전체를 덮은 붉은 양탄자.

사방 벽면은 사군자를 비롯한 이름을 떨친 서예가들의 친필 작품들이 기품 있게 걸려 있었다.

높은 천장에서는 황금 등이 방 안을 환하게 밝혔다.

재단 바로 앞에 놓인 자단목 의자에는 한 손에 곰방대를 든 연 대인이 앉아 있었다.

붉은 바탕에 굵은 황금실로 섬세하게 수놓아진 화복 차림이다.

마카오를 지배하는 실세 중 한 명이며 대인 어른으로 통하는 인물이었다.

화교 연합회를 운영하는 열두 가문의 수장 중 한 명으로 화룡회에서도 막강한 파워를 자랑했다.

속과 달리 부드러운 눈빛이 인상저인 연 대인이었다.

"그뿐만이 아닙니다. 용 대인을 보호하고 있던 원로들도 상당수 빠져나갔습니다."

"무리를 하는군……."

깔끔한 정장 차림의 중년 사내는 연 대인의 수족과 같은 가신이었다.

"용 대인도… 미국으로 떠났다고 합니다."

"언젠가는 그 성격 때문에 위태로움을 자처할 줄 알고 있었지만… 그 시기가 빨라진 것 같군."

고풍스러운 자단목 의자에 몸을 의지한 채 뒤로 기대며 눈을 가늘게 뜨는 연 대인.

빠끔빠끔.

입에 문 곰방대 끝에서 연신 연기가 동그랗게 피어올라
왔다.

"어떻게 하시겠습니까?"

그동안 그 때를 기다려왔다.

연씨 가문과 우호적이었던 왕씨 가문을 몰락시키고 화룡
회의 열두 가문에 든 용씨 가문.

욕심이 하늘을 찌를 만큼 과했던 자였다.

홍콩 쪽을 찢어주었지만 그에 만족하지 못했다.

급기야 본토 정치인들까지 끌어들여 협작질은 물론 화룡
회의 다른 가문들의 영역까지 탐냈다.

"무엇이든 순리대로 흘러야 하는 법……. 어찌 되었든 열
매가 익었으니 수확을 해야겠지……."

기회만을 보고 있었던 연 대인.

열매가 익으면 스스로 고개를 숙이는 지혜가 필요했다.

그렇지 않고 고개를 쳐들었다가는 가장 먼저 베일 수밖
에 없는 세상.

"그 말씀은……."

"장 대인께 연통을 놓게. 그리고 샌프란시스코 차이나타
운 곽 대인에게도 넌지시 정보를 흘려주게. 준비를 하고 알
아서 할 것일세."

"그렇게 처리하도록 하겠습니다."

초기 화룡회가 자리를 잡기 전처럼 서로 간에 치열하지는 않았다.

하지만 과거만큼은 아니어도 지금도 뒤로는 서로를 냉철하게 감시하고 경계를 늦추지 않고 있었다.

열두 가문이 힘을 모아야 급물살처럼 변화를 겪는 이 시대를 무사히 건너갈 수 있었다.

어느 한 가문에 권력이 몰리는 것을 가장 경계해야 했다.

무력은 이미 시대를 건너갔고 정치력과 자금력을 이용한 견제와 균형을 이뤄내고 있는 화룡회.

또 다시 한 차례 정화의 시대가 열리고 있었다.

치열했던 힘의 균형이 깨지면서 다시 되찾게 될 평화.

겪고 가야 할 일이었다.

"오래 걸리지 않았으면 좋겠군······."

모든 면에서 희생을 줄이기 위해서는 신속하게 끝나야 할 한 판 승부였다.

연 대인도 예외일 수 없는 화룡회 내부의 암투.

죽는 순간까지 마음을 놓을 수 없는 권력의 최상층이 져야 할 짐이 아닐 수 없었다.

그 모든 것을 감당함으로써 부가 따라왔다.

세상 어디에도 공짜는 없었다.

분명한 것은 대가가 따른다는 것.

누리는 만큼 대가를 치러야 하는 것이 하늘이 정한 순리였다.

"이~~~씨!"

"하하. 이거 완전히 닭 쫓던 개가 됐네?"

"야! 너 그만 꺼져 줄래!"

"워워~ 왜 그래. 나의 베스트 프렌드~ 성격 죽이라고~
여기는 한국이 아니잖아."

텅 빈 샌프란시스코 구장.

기말 고사가 끝나자마자 밤 비행기를 타고 곧장 미국으
로 건너온 예린과 혁찬이다.

당연히 프레즈노에 있을 거라 의심하지 않았던 유예린.

LA에 도착하자마자 두 사람은 자동차를 렌트했다.

예상은 했었지만 윤라희 여사의 반대가 심했던 미국행이
었다.

집을 나서던 시간까지 탐탁지 않게 생각했다.

오성 그룹 안주인으로서는 사랑에 눈 먼 아들 때문에 당
한 마음의 상처도 치유가 되지 않은 상황이었다.

강민에 대해 경계심을 늦출 수 없었다.

그럼에도 불구하고 예린은 미국행을 강행했고 오성 그룹
차원의 전폭적인 지원을 받지 못했다.

유병철 회장 역시 미국에 도착하며 조용히 지낼 것을 권
했다.

이래저래 말이 나기 쉬운 게 대기업의 가정사였다.

따로 함께하는 보디가드 지원 없이 장혁찬과 단 둘이 차를 빌려 넓은 대륙을 달렸다.

기분 좋게 강민과 재회할 순간만 기대하며 달려온 프레즈노.

그사이 일이 벌어지고 말았다.

당연히 프레즈노 그리즐리스 팀에 있어야 할 강민은 온데간데없었다.

얼마 동안 기다려봤지만 나타나지 않았다.

라스베이거스 원정 경기를 끝내고 다시 홈 경기장으로 돌아온 프레즈노 선수단.

그 무리에서 강민을 찾을 수 없었다.

미국에 오긴 했지만 여기서까지 그룹의 정보력을 이용할 수는 없었다.

또 장거리 여행에 피곤해 쓰러져 있었던 예린은 당연히 강민이 아직 프레즈노에 머물고 있을 줄 알았다.

설마 강민이 메이저리그로 승격돼 올라간 것은 꿈에도 생각지 못했다.

프레즈노 그리즐리스 팀의 출전 명단에도 빠져 있는 강민의 이름.

유예린은 멍하니 서 있을 수밖에 없었다.

서프라이즈를 상상하며 전화 통화도 하지 않고 찾아왔던

것이다.

어쩌다 인터넷 뉴스를 보던 혁찬 덕에 강민이 샌프란시스코 자이언츠 선발이 되어 있음을 뒤늦게 알게 되었다.

그 순간 완전 바보가 된 듯한 느낌이 들었다.

하지만 좌절할 유예린이 아니었다.

곧장 차를 돌려 다시 샌프란시스코 자이언츠를 목적지로 하고 달렸다.

새벽녘에야 도착해 호텔에 짐을 풀자마자 쓰러져 버린 유예린.

정오가 돼서야 겨우 눈을 떴을 때였다.

먼저 깨어 있던 혁찬이 또 다시 얄미운 표정으로 유예린의 속을 뒤집어 놓았다.

강민이 속한 샌프란시스코 자이언츠 선수단이 시카고 컵스와의 원정 스케줄로 샌프란시스코를 떠났다는 것이다.

학교 공부는 자신 있었지만 스포츠 세계에 관련해서는 별 관심이 없었던 예린이었다.

원정 경기가 이렇게 사람을 피곤하게 한다는 사실도 처음 알았다.

"어떻게 할래? 피곤한데… 민이 올 때까지 도시 구경 좀 할까?"

속이 활활 타오르는 예린과 달리 혁찬은 여유가 넘쳤다.

그 표정에 더욱 화가 치밀어 오른 예린이.

못 본 사이 많이 능글능글해진 혁찬이 볼수록 예린의 신
경을 자극했다.

특히 강민과 관련된 예린의 감정을 장난스럽게 건드렸
다.

유럽 선수들과 함께 부대끼며 지내서인지 겉모습만으로
도 남자 냄새가 풀풀 났다.

고등학교 재학시절에도 키가 큰 편이었지만 지금은 190
이 넘었다.

어깨도 많이 넓어졌고 각이 컸던 턱도 더 굵어졌다.

K라는 이름으로 불리는 강민처럼 혁찬 역시 유럽에서는
오리엔탈 라이온으로 통했다.

과거와 달리 유럽 쪽에 선수가 많아서 그렇지 잉글랜드
프리미어 리그에서 엄청난 인기를 누리고 있었다.

하위 팀이었던 노리치를 중위권 순위까지 끌어올려 놓는
데 혁혁한 공을 세운 게 혁찬이었다.

입단하자마자 공격형 미드필드가 되어 7골과 다섯 개의
어시스트를 기록했다.

"무슨 말을 하는 거야? 내가 너랑 왜 도시 구경을 해!"

"워워워~ 홍분을 가라앉히라니까~ 예린 양~"

"3연전이라잖아! 빨리 가서 봐야겠어!"

"그럼 비행기를 또 타?"

"타야지!!"

"으으……."

예린의 무대포 정신에 고개를 절레절레 젖는 장혁찬.

예린이는 강민에 대한 절대적 충성심을 여과 없이 보이고 있었다.

그녀를 좋아하는 마음은 여전했지만 결코 동의 없이 진도를 나가고 싶은 마음은 추호도 없었다.

고등학교 재학시절부터 품어온 순수한 첫사랑.

이 사랑이 어디까지 지속될지는 모르지만 여전히 처음 품었던 마음은 그대로였다.

예린이 역시 강민에 대한 마음은 혁찬과 마찬가지였다.

"뭐해? 어서 가서 시키고행 티켓 구해와!"

샌프란시스코 자이언츠 구장 앞에서 두 사람은 티격태격했다.

대놓고 장혁찬을 호통치는 유예린.

"알았다, 알았어……."

"민아, 조금만 기다려! 내가 가고 있어!"

두 주먹을 움켜쥐며 열의를 불태우는 유예린.

피식.

하늘을 올려다보며 혼자 중얼거리는 예린의 모습에 혁찬은 미소가 절로 지어졌다.

정작 예린이의 마음은 혁찬에게 향해 있지 않았지만 하는 행동이 사랑스러운 여자였다.

유럽에 진출한 후 프로 선수가 된 장혁찬.

주변에서 연예인 못지않은 미모의 여성들과의 소개팅도 많이 주선됐다.

동료들 중에 괜찮은 이성을 소개하겠다는 이들이 많았다.

특히 유럽에서 축구는 거의 종교 수준의 관심을 받았다.

능력 있는 축구 선수들 대부분 세계적으로 빠지지 않는 미모의 여성들과 연인관계를 유지했다.

그런 선수들 중 한 명인 혁찬은 예린이 옆에서 한낱 짐꾼이자 보디가드 정도로 취급을 받고 있었다.

그래도 좋다고 웃는 장혁찬.

예린이와 이렇게 장시간 둘만 함께했던 시간들의 부재가 지금 이 시간 혁찬을 웃게 만들었다.

그간 예린에 대한 마음을 간직해 온 혁찬의 행복한 시간들이 흘러가고 있었다.

"부탁하신 물건입니다."

철컥.

큼지막하고 단단한 가방 두 개가 놓였다.

그리고 열린 가방 속에서 드러난 것은 총과 총알들.

그중 총 하나를 집어든 사내는 다시 총알을 집어 장전했다.

"신형입니다. MK23은 미 특수부대에서만 쓰는 놈입니다. 바로 옆에 있는 놈이 MP5SP로 독일산 명품입니다."

샌프란시스코 금문교가 멀리 보이는 경사진 곳에 자리한 저택.

그리고 은밀하게 만들어진 저택의 지하 밀실에서의 거래.

총을 장전하는 사내를 바라보며 긴장하는 중국계 총기 밀매상인 류치앙.

그는 조심스럽게 총을 하나하나 가리키며 설명했다.

그의 앞에는 청바지나 편안한 면바지 차림의 여행객들이 서 있었다.

그들은 중국 본토에서 단체 여행 명목으로 건너온 사람들이다.

실상은 평소 알고 지내던 조직에 물품을 하달하기 위해 확인 절차를 밟고 있는 상황.

가방 두 개를 가득 채운 총기들은 조직에 전달될 품목들이다.

보통 암살 때 사용하는 소음기가 달린 권총과 기관단총이 각각 다섯 자루.

집단 결투를 벌일 것도 아닌데 요구한 총기 수가 조금 과한 면이 없지 않았다.

"총기 번호는 이미 삭제되었습니다. 발각될 일은 없습지요. 헤헤."

대수롭지 않은 일처럼 처리되지만 총기 한 자루를 이렇게 팔 때마다 1,000달러 이상이 수중에 들어왔다.

총기 소유가 자유로운 미국.

하지만 잘 관리하지 않으면 안 되는 곳이기도 했다.

이렇게 불법 총기 거래나 불법 소지자가 발각되기라도 한다면 그에 대한 처벌이 아주 무서웠다.

그 덕에 류치앙과 같은 사람들이 먹고 살 길도 생겼지만 말이다.

이런 뒷골목 거래는 언제는 짭짤한 이득을 남겼다.

'조심해야겠어. 눈빛이 예사롭지 않구먼.'

류치앙은 차분한 말투로 총기 정보를 전달하고 있었지만 내심 심장이 쪼는 듯했다.

척 봐도 이들은 고수들이었다.

어설픈 놈들이 아니었다.

총을 만지작거리는 사내의 눈빛은 살벌했다.

중국계 조직들에게 평소에도 총기를 팔고 또 사들였던 류치앙.

그들 대부분이 독 오른 아시안이거나 히스패닉, 흑인들이었다.

그런데 오늘 접선한 놈들은 분위기부터가 심상치 않았다.

정체를 파악하기가 쉽지 않았다.

말은 중국 본토에서 단체 여행을 왔다고 이야기 돼 있었다.

모습 역시 촌스러운 꽃 남방이나 중국인들이 좋아하는 검정과 진회색 남방 차림을 한 여행객들.

여성도 셋이나 포함되어 있었지만 결코 분위기는 화기애애한 여행자들이 아니었다.

총기 밀매를 하다보며 살인을 밥 먹듯 하는 자들까지 수시로 접촉하게 된다.

그런 류치앙은 눈앞에 살인을 목적으로 한 자들보다 더 수상한 인물들이 와 있음을 눈치 챘다.

툭.

맨 오른쪽에 서 있던 남자가 짝퉁 루이비통 손가방 안에 손을 집어넣었다.

그리고 돈뭉치 하나를 던졌다.

"아이고~ 감사합니다."

후다닥.

10달러짜리 구폐 다발이다.

추적하기 힘든 점을 노려 밀수에 사용되는 돈은 단위가 작은 돈을 선택하는 게 필수였다.

류치앙은 돈다발을 손에 쥐고 빠르게 세었다.

'뭐야! 만 달러가 비잖아?'

총기 구입에 들어간 돈이 약 12,000달러였다.

그리고 판매 금액으로 약 22,000달러를 불렀다.

하지만 류치앙이 정확하게 센 돈은 총기를 구입할 때 들였던 12,000달러에 해당하는 금액뿐이었다.

"손님~ 이러시면 거래하기 곤란……."

퓨슝!

퍼억!

스르르룻.

눈가를 찌푸리며 인상을 쓰고 세던 돈다발을 내려놓은 류치앙.

막 얼굴을 들었을 때 류치앙의 이마를 정면으로 꿰뚫은 무소음 권총.

일말의 경고조차 없었고 그 순간이 류치앙의 마지막 순간이 되고 말았다.

"하오."

맨 앞에 서서 무소음 권총을 장전했던 사내의 입에서 흘러나온 말이었다.

오른쪽 콧등과 입술 쪽에 깊게 패인 흉터가 그의 인상을 좌우했다.

끽 소리도 내지 못한 채 바닥에 쓰러진 류치앙.

두 눈이 허옇게 까뒤집어진 채 뚫린 이마로 피를 쏟아내며 꿈틀거렸다.

차자작.

쓰러진 류치앙의 몸은 아랑곳하지 않고 총이 든 가방을 수습하는 사람들.

철컹.

류치앙이 세고 떨어뜨린 돈뭉치도 회수하지 않고 지하 밀실을 빠져나갔다.

바닥에 흥건하게 고이는 진득한 혈흔 냄새가 그들의 뒤를 따라 밀실에서 흘러나갔다.

"내일 오후 2시다. 정신 풀지 말고 있도록. 웬만하면 활동 범위는 호텔 안으로 제한하라고."

"보스~ 애인을 호텔로 불러도 됩니까?"

"닉, 나 심술나면 애인보다 집에 연락해 자네 와이프를 불러줄 거야."

"푸하하하하하."

"크크크크."

시카고 오헤어 공항에 가까워지자 다루스 보치 감독이 선수들을 향해 가단한 주의사항을 전달했다.

'역시 좋군.'

격이 다른 메이저리그.

불과 얼마 전까지만 해도 달리는 버스 안에서 밀머니를 챙겨 들고 침대 스프링이 좋은 숙소가 걸리기를 기도했었다.

하지만 지금은 대형 여객기를 통째로 빌려 팀 전체가 이동하고 있다.

1년이면 보통 8만 킬로미터 정도 되는 총 이동거리.

전세기나 자가용 비행기가 지원되지 않는다면 메이저리그 구단들은 원만한 경기를 펼칠 수 없을 것이다.

지금도 비행기를 타고 4시간이나 걸려 시카고 오헤어 공항에 도착하고 있었다.

덜커덩거리고 울렁거리던 버스 이동과는 차원을 달리했다.

편안하게 안정된 상태에서 이동한 팀 선수들.

처음 구단에서 출발할 때도 버스를 타고 공항까지 들어가 보안라인을 넘어 비행기 바퀴 밑까지 다이렉트로 이동했다.

보안이 까다롭기로 소문이 자자한 미국에서 보기 힘든 특혜였다.

체크도 바로 비행기 밑에서 받았다.

간단한 음료부터 다과까지 다양하게 서비스 되었다.

물론 선수들 피곤을 최소화하기 위해 여승무원이 탑승하지는 않았지만 그게 더 기내를 자유스럽게 했다.

선수들의 자리배치는 어느 정도 정해져 있었다.

감독과 코치진이 맨 앞좌석에 앉았고 벳 케인 같은 고참 선수들이 뒷좌석에 앉았다.

아무것도 모른 채 비행기에 올라 가장 뒤쪽으로 이동하려 했던 나를 잭 윌리엄이 잡아챘다.

조용히 나의 현재 위치를 알려주었다.

'완전 편했지…….'

수백 명의 인원이 한꺼번에 탑승 가능한 대형 전용기.

전 좌석 모두 비즈니스 석으로 개조되어 있었다.

맞은편 선수와 가벼운 포커를 치거나 편안하게 대화를 나눌 수 있도록 테이블까지 놓여 있었다.

제시카와 함께 타고 왔던 자가용 비행기의 실내 장식보다는 물론 처졌지만 편안함만은 최고였다.

조그마한 자가용 비행기는 난기류를 만나기라도 하면 심하게 흔들리는 반면 대형 전세기는 거의 미동도 없었다.

'요리도 최고였어~'

뿐만 아니었다.

5성급 호텔 요리사가 제공한 육즙 가득한 송아지 스테이크부터 시작해 자스민 향이 짙게 베인 치킨 요리까지 나왔다.

엔젤스 버거는 기본이고 굵은 새우와 랍스터 요리까지 제공되었다.

돈도 줬다.

마이너리그에서도 받은 적이 있는 밀머니.

비행기가 이륙하자 원정 매니저가 스태프와 선수들에게

하얀 봉투 하나씩을 건넸다.

선수들의 연봉과 전혀 상관없이 지급되는 출장 경비였다.

하루에 106달러씩 계산해 총 5일치를 현금으로 꽂아주었다.

선수들 모두 연봉이 높았지만 의외로 밀머니로 지급되는 현찰에 약했다.

마치 용돈이라도 받는 어린아이들처럼 봉투를 받아들고 장난스럽게 환호성을 질렀다.

그렇게 잠깐 동안 기내는 들뜬 분위기로 원정 경기에 대한 부담을 떨쳐냈다.

선수들의 그런 모습은 보는 나까지 기분 좋게 만들었다.

띠리리 띠리리.

'……?'

시간은 저녁 10시를 넘어가고 있었다.

보통 비행기에 탑승하게 되면 핸드폰을 끄는 게 맞지만 전세기 사용 중에는 상관없었다.

'누구…….'

끼릭.

약하게 낮춰놓은 벨소리가 울렸다.

나는 조용히 통화 버튼을 눌렀다.

"여보세요?"

내 휴대전화 번호를 아는 사람들은 기껏해야 몇 명.

손가락에 꼽았다.

그것도 모두 장씨 패밀리 일가족이다.

낯선 번호에 대한민국에서 사용하는 번호다.

"민~ 나야?"

'어? 이 목소리는…….'

전화기 너머에서 부드럽게 코맹맹이 비음을 내는 낯선 여인의 목소리가 들려왔다.

"잊은 거야?"

"…누구……."

"나 화령이야~"

"아!"

그랬다.

야심한 시각이 되어 가는 이때 전화를 걸어온 여인은 다름 아닌 북경루 왕 사장의 딸 화령이었다.

"어~ 화령아."

막상 친구 먹기로 한 사이였지만 갑작스러운 통화는 역시 어색했다.

"어디야?"

어제 본 듯 거침없이 말을 잇는 왕화령.

"…시카고야."

"그래? 샌프란시스코 아니었어?"

"며칠 동안 원정이야."

"그렇구나."

남자인 나보다 더 편안하게 나를 대하고 있었다.

어제는 고사하고 조금 전에 만났다 헤어진 사람처럼 시시콜콜 다정하게 굴었다.

목소리에서는 애교가 뚝뚝 떨어졌다.

중간 중간 요염한 매력이 풀풀 풍기는 목소리를 내기도 했다.

치파오를 입고 눈앞에 나타나 추파를 던지던 3년 전 그때의 화령이 눈앞에 떠올랐다.

그녀도 많이 변했을 것이다.

"그럼 샌프란시스코에 오면 전화해. 나 경기 끝나면 당분간 그곳에 있을 테니까~"

"너, 너도 샌프란시스코에 있었던 거야?"

"주소는 플로리다인데 주로 차이나타운 근방에 머물러."

"아……."

화령은 샌프란시스코 차이나타운을 말하고 있었다.

미국에서 가장 오래된 세계에서 가장 큰 차이나타운이다.

화교 출신인 왕화령이 그곳에 둥지를 튼 모양이었다.

"연락할 거지?"

"그래, 알았어. 한 번 보자."

"호호~ 그래. 둘이 먹다가 사돈의 팔촌까지 불러들이고 싶을 만큼 맛있는 맛집을 소개해 줄게~"

"…고맙다."

"아잉~ 우리 사이에 그런 말은 좀 그렇지 않아?"

전화기 너머로 부끄러운 척(?)하는 왕화령의 모습이 상상이 갔다.

"곧 착륙이야. 다음에 또 통화하자."

"오케이~ 그럼 샌프란시스코에서 봐~"

북경루 왕 사장에게 혹시 무슨 일이 생기면 연락하라고 건넨 번호가 화령의 손에까지 들어간 것 같았다.

"그래, 연락할게."

"바이~"

띠릭.

갑자기 걸려온 화령과의 통화.

"흐흐~ K~ 벌써 생긴 거야?"

내 앞좌석에 앉아 있던 잭 윌리엄이 통화하는 내내 엿들은 듯 뭘 좀 알겠다는 듯한 표정으로 나를 떠왔다.

새끼손가락을 까닥거리며 액션까지 취했다.

"친구입니다."

"그래그래, 누가 뭐라고 해? 보통은 다 친구로 시작을 하지. 그러다 뜨거워지면 하니 되고 달링 되는 거 아니겠어? 흐흐흐."

느끼한 눈빛에 음탕한 웃음까지 흘리는 잭 윌리엄.

'콱! 마이너리그로 다시 보내버릴까 보다!'

입지가 확실하게 굳어지지 않은 잭 윌리엄.

마이너리그와 달리 메이저리그는 벤치만 지키고 앉아 있어도 최저 연봉 구정이 적용돼 하루에 150만 원 정도가 통장에 꽂혔다.

최저 연봉이 마이너리그 한 달 봉급과 맞먹을 정도이니 그 차이가 컸다.

어떤 상황에서도 나의 사생활에 깊이 관여하고 싶어 하는 잭 윌리엄.

살짝 돌려보내 버릴까 하는 욕망이 불끈 솟았다.

"하강할 예정이오니 선수들께서는 안전벨트를 착용해 주십시오."

기장의 간단한 안내 방송.

찰칵.

자유스러운 분위기에서 편안하게 앉아 있던 선수들이 자신의 자리로 돌아가 안전벨트를 착용했다.

슈우우우웃.

움찔.

기체가 하강하면서 느껴지는 묘한 느낌.

'…기분 별로군. 이런 기분 들 때마다 꼭 일이 생겼는데……'

제시카도 곧 아만다를 대동하고 샌프란시스코로 오겠다고 전해왔었다.

두 사람이야 놀러오는 기분이겠지만 나는 사정이 달랐다.

한국에 있는 예린이도 며칠 동안 연락이 없었다.

다들 무슨 꿍꿍이들인지 알 수가 없다.

조용하게 딱 반 년만 메이저리거로 뛰고 싶었는데 주변이 다시 소란스러워지는 느낌이 강하게 들었다.

가뜩이나 죄다 이래저래 알게 된 여성들.

이렇게 되면 꼭 한 번씩 사단이 났다.

이번만큼은 나의 예감이 빗나가 주길 바라는 수밖에 다른 방법이 없었다.

슈우우우우웃.

높이 떠 날던 비행기 기체가 천천히 하강하는 게 느껴졌다.

덩달아 내 마음까지 무겁게 가라앉았다.

연이어 터지고 있는 호재.

사람이 갖고 있는 고정관념이란 건 이럴 때 두려움으로 작용하는 것 같다.

기우이길 바라지만 호재는 악재를 달고 다닐 수밖에 없는 이치.

특히 나에게 있어 이 정도 행운이 따라준다면 좋지 못한 일 역시 터져줘야 파란만장했던 내 인생에 어울렸다.

"휴우."

짧은 한숨이 절로 흘러나왔다.

눈을 감았다.

미처 생각지도 못했던 일들이 벌어졌던 불과 얼마 전까지의 시간들.

제발 큰 일 없이 나의 스무 살이 지나가기만을 바랐다.

제7장
어찌 반갑지 아니하랴

madeK

"사백님!!!"

처억!

샌프란시스코 공항 출입국장.

180정도 되는 장신에 이탈리아 장인이 직접 바느질해 만든 수제 양복을 입고 나온 중년 사내.

감색 여름 정장이 남자를 더욱 더 젠틀한 신사로 보이게 했다.

눈빛은 50대 초반을 넘어선 듯 보였지만 겉으로 보이는 피부는 주름이 거의 보이지 않았다.

팽팽한 피부에 체형도 관리를 잘한 듯 중후한 멋이 절로 풍겼다.

고급 원목 같은 느낌의 남성.

깊이 있는 남자의 눈동자와 지적이면서도 샤프한 그의 얼굴선이 금테 안경까지 어우러져 누가 봐도 학자 같은 인상을 주었다.

"그래, 오랜만이다."

그리고 또 한 사람.

두 사람의 연배가 비슷해 보이기도 했다.

유행이 몇 번은 바뀌어 돌고 돌았을 법한 황토색 빵모자를 쓰고 뒷머리를 질끈 묶었다.

언뜻 모시 느낌이 나는 옷감에 진달래꽃을 연상시키는 꽃무늬가 새겨진 남방.

그 아래 받쳐 입은 찢어진 힙합 청바지.

요즘 젊은이들도 소화하기 힘든 차림이다.

압권인 것은 1900년대 초반 전국적으로 유명했던 한량들의 패션 백구두까지 신고 나타났다는 것이다.

그 누구도 쉽게 이해할 수 없을 언밸런스 패션의 최정점을 찍는 스타일이다.

출입국장을 드나드는 사람들의 시선이 쏠리긴 했지만 그들의 표정이 잠시 놀라는 듯했을 뿐, 못 봐줄 정도는 아니었다.

분명 이상했지만 묘하게 조화를 이룬 듯한 패션의 조합.

코에 걸친 진청색의 큼지막한 선글라스는 그야말로 세월을 먹은 명품 냄새가 났다.

나이를 짐작하기 어려운 노신사.

그의 앞에 선 중년의 남자가 허리를 90도로 숙이며 꾸벅 인사를 했다.

"그동안 많이 뵙고 싶었습니다. 사백님!"

감동에 젖은 듯한 목소리.

"흠흠, 얼마나 됐다고… 보고 싶기는……."

별 감정 없이 무덤덤하게 대답하는 노신사.

"사백님, 10년이 훌쩍 넘었습니다!"

손성한은 고개를 들며 사백을 바라보았다.

"그래? 시간이 그새 그렇게 흘렀어?"

어제 일을 떠올리는 듯 대충 흘려보냈다.

10년 세월 따위는 하룻밤 풋사랑인 듯 여겨 버리는 말투다.

한 귀로 듣고 흘려보내며 두 눈으로 사방을 훑어보기에 바쁜 사백.

'도저히 기량을 짐작할 수 없다.'

10년 세월을 흘려보내고 다시 만난 사백을 바라보며 손성한은 더없는 경외감을 다시 한 번 느끼고 있었다.

사부 살아생전 손성한에게 한 말이 그의 의식을 다시 뒤흔들었다.

절대 자신의 도력은 사형의 발밑도 미치지 못한다 했다.

그 말을 수시로 듣고 지냈다.

임종 직전까지도 사형의 도력을 내내 스승이 부러워했을 정도였다.

손성한의 능력으로는 사백의 도력을 측정한다는 것 자체가 불가능했다.

세수 100세가 넘는 연륜.

지금도 풍기는 기운으로만 보면 젊은 중년 사내를 능가했다.

안으로 정순하게 갈무리된 사백의 갈고 닦은 기운들.

하지만 역시 눈빛을 속을 수는 없었다.

선글라스를 끼고 눈빛을 가렸지만 순간 순간 번뜩이는 그 눈빛은 마주할 때마다 두려움을 품게 했다.

이는 도력이나 내공을 수련한 이들만이 감지할 수 있는 감춰진 강력한 능력이었다.

사백 앞에 서면 저절로 고개가 숙여졌다.

절대자의 기운 앞에 스스로 무릎을 꿇은 형상이었다.

"모시겠습니다."

손성한의 사백에 대한 존경심은 그대로 행동으로 옮겨졌다.

"그래라~"

휘적휘적.

뒷짐을 지고 휘적휘적 앞장을 서 걷는 힙합 노신사.

사방을 쉬지 않고 둘러보는 것은 잊지 않았다.

"설악산 정기의 10분에 1도 안 되는구나~"

쿵쿵거리며 냄새를 맡는 듯하더니 인상을 잔뜩 찌푸렸다.

"사백님, 어찌 한반도의 정기와 비교가 되겠사옵니까."

사백의 뒤를 몇 걸음 떨어져 걸으며 그림자도 밟지 않고 대답하는 손성한.

그는 하버드대 수학과 종신 교수 직함에 미국 IT업계의 대부로 인정받고 있는 천재 기업가였다.

그런 그가 사백 옆에서 얌전한 강아지처럼 굴었다.

바로 뒤에 두 명의 수행비서와 네 명의 보디가드가 동행하고 있는 상황.

그들 모두가 힙합 차림의 노신사 뒤를 따르며 쫑쫑쫑 걷고 있었다.

수틀리면 미국 대통령도 골로 보낼 만큼의 도력을 수행한 도인.

오래전에 돌아가신 스승의 말씀대로 절대 건드려서 좋을 게 하나도 없었다.

그저 함께 있는 동안 네네 하며 공손하게 모시면 된다.

다른 말은 일절 불필요했다.

까아아아앙!

쇄애애애애애애앳.

자세도 좋았지만 힘차게 내리친 드라이버가 골프공 중심을 제대로 타격했다.

시원한 타격음을 내며 뻗어나가는 공.

"와아아아……."

"멋집니다."

짝짝짝짝짝짝.

숨을 죽인 채 지켜보던 갤러리들의 박수갈채가 쏟아졌다.

에비앙 챔피언쉽과 어깨를 나란히 할 정도로 높은 상금과 명예가 따라오는 US여자오픈 대회.

현실적으로는 기업들의 경기 악화로 LPGA경기대회 횟수가 많이 줄었다.

그럼에도 불구하고 US여자오픈 대회만큼은 그 명성을 그대로 이어가고 있었다.

요즘 들어서는 눈에 띄는 실력의 아시아 선수들이 대거 등장하며 대회의 질이 한층 높아지기도 했다.

정상에 발을 들이기로 목표를 정하면 뼈를 깎는 훈련도 마다하지 않는다는 코리아 여자 선수들.

골프 관계자들은 특히 그녀들을 특히 주목하고 있었다.

속속 등장하고 있는 아시아 선수들은 LPGA대회에서 발

군의 실력을 드러냈다.

"진짜 죽인다……."

"흐흐. 그래서 비싼 돈 내고 온 거잖아."

방금 티샷을 날린 강력한 우승 후보자 중의 한 명인 손단비.

그녀를 보기 위해 갤러리들이 구름처럼 몰렸다.

개중에는 손단비를 직접 보기 위해 찾아온 한국인들도 간간이 눈에 띄었다.

이제는 한반도를 넘어 세계적인 선수로 발돋움하고 있는 손단비.

스포츠의 계절 여름.

눈부실 만큼 새하얀 주름 스커트 팬츠와 핑크 셔츠를 입고 필드를 걷는 손단비.

매끈하게 뻗은 슬림한 팔이 돋보이는 민소매 차림으로 시원한 인상을 주었다.

골프화도 언뜻 단색으로 보였지만 발바닥 부분이 새빨간 색체를 띤 흰색 슈즈였다.

걸을 때마다 붉은 색의 바닥이 언뜻언뜻 시선을 끌었다.

전체적으로 흰색과 빨강이 적당히 어우러진 게 과감하면서도 단정한 듯 여성적 매력을 한껏 풍겼다.

남성 팬들로 이루어진 한 갤러리 무리는 아예 손단비의 움직임 하나하나까지 다 관찰했다.

함께 출전한 다른 선수들과도 금세 비교될 정도로 비율이 예술인 손단비였다.

　봉곳하게 솟은 바스트.

　옆에서 바라보는 손단비의 모습은 그야말로 예술이었다.

　골프 여신이란 이름이 무색하지 않게 깔끔한 샷과 마무리 동작까지 완벽했다.

　1라운드 첫 타를 깔끔하게 마무리한 손단비.

　오늘 손단비와 동반 라운딩을 하게 된 선수는 총 네 명이다.

　나름 여성 골퍼들 사이에서는 이름이 제법 알려져 있는 프로 골퍼들이었다.

　미국 시민권자에 외모와 몸매까지 출중한 아만다 로엘.

　그녀 역시 자국민들로부터 무한 사랑을 받고 있었다.

　연한 노랑색의 상의한 하얀 선 캡과 노랑 테의 안경으로 멋을 냈다.

　처음 얼굴을 내밀었을 때부터 다른 것보다 글래머러스한 그녀의 건강한 몸매가 갤러리들을 즐겁게 했던 선수였다.

　오늘도 역시 갤러리들의 시선을 한 몸에 받고 있었다.

　또 한 명은 왕화령.

　화교 출신의 묘한 매력이 넘치는 미녀 골퍼다.

　평소 붉은 색 옷을 즐겨 입는 골퍼로 유명했다.

　오늘은 다른 경기 때와 달리 손단비와 비슷한 류의 스커트에 같은 색감의 상의를 입고 나왔다.

올 화이트 콘셉트인 듯 건강미 넘치는 피부색에 잘 어울리는 차림이다.

화려한 색감의 여성 골퍼들 사이에서 차라리 색이 단순해 더 튀는 상황이었다.

마지막 한 선수는 홍콩 출신의 청야.

메이저 대회에서 우승해 이름을 올린 프로다.

첫 느낌이 차갑고 도도해 쉽게 가까워지기 힘든 인상을 주는 여성 골퍼.

무도회장에서나 어울릴 것 같은 나풀거리는 스커트 차림이 눈에 띄었다.

상의는 반면 몸에 착 붙는 제질의 옷을 선택했다.

캡의 컬러는 스카이 블루.

청야의 모습만 봐서는 프로 골퍼들의 라운딩 장소가 아닌 패션쇼 현장에 와 있는 게 아닌가 하는 착각을 불러일으켰다.

아름다움과 개성이 넘치는 미녀 골퍼들이 한 조가 되어 만났다.

조 추점으로 라운딩 조가 편성되었지만 이들 모두가 유력한 우승 후보들이었다.

네 명의 미모의 여성이 한 조가 되어 라운딩하자 다른 팀의 라운딩 장소보다 몇 배가 많은 갤러리들이 꼬리를 물고 따라다녔다.

물론 각국에서 건너온 스포츠 사진 기자들도 마찬가지였다.

"나이스~"

"고마워."

손단비의 샷에 아만다 로엘이 밝은 목소리로 소리쳤다.

왕화령과 청야와는 약간 입장이 다른 아만다 로엘.

미국에서 태어나 자란 손단비를 아만다도 알고 있었다.

주니어 시절부터 종종 경쟁해 왔던 맞수였다.

늘 멘탈이 약해 후반 뒷심에서 밀렸던 아만다 로엘이지만 성격은 쿨하고 깔끔했다.

꼭 프로 골퍼로서 활약을 해야 먹고 살 수 있는 입장이 아닌 아만다는 로얄 그룹의 후계자 중 하나였다.

물론 그런 환경을 갖고 있는 것은 손단비도 마찬가지였지만 골프에 대한 애정에 있어서는 확연한 차이가 있었다.

"얼굴이 핼쑥해졌어! 무슨 일 있는 거야?"

안면이 있기는 왕화령도 마찬가지.

더욱이 왕화령은 한국말도 유창해 손단비와 더 편하게 대화를 나누었다.

티샷이 끝나 이제 각자의 공을 찾아 이동하기만 하면 되었다.

손단비를 비롯한 세 명의 선수들은 각자의 손장갑을 벗

어 캐디에게 건네거나 자신이 들고 나란히 줄지어 걸었다.

그중에서도 세 사람의 나이가 같았다.

실력도 크게 차이가 나지 않을 만큼 비슷했다.

청야만이 다른 선수들과 좀처럼 말을 섞지 않는 성격이라 캐디와 먼저 공을 찾아 이동한 상태였다.

성격이 호탕한 왕화령과는 사뭇 다른 성향의 청야.

두 사람 사이에 묘한 껄끄러움이 작용했다.

화령과 청야 두 사람 모두 화교 화룡회에서 밀고 있는 선수들이었다.

더 깊이 들어가면 두 사람의 가문은 원수지간이었다.

그러다 보니 가문의 일이 후손인 그녀들에게까지 영향을 주고 있었다.

마주보며 웃을 수 없는 관계였다.

"아무 일 없어."

몇 번의 라운딩을 함께 뛰며 적당히 가까워진 사이들.

비단 오늘뿐만이 아니라 누군가 먼저 골프계를 떠나기 전까지는 계속해서 부딪혀야 할 라이벌이자 필드의 동반자였다.

간단한 안부와 사생활 정도는 서로 알 만한 관계였다.

"두 사람 무슨 얘기 하는 거야?"

한국말을 전혀 모르는 아만다 로엘이 궁금함을 감추지 못하고 화령과 단비의 대화에 끼어들었다.

경기가 잘 풀릴 때는 활발하고 유쾌한 아만다 로엘.

하지만 이런 아만다도 후반으로 갈수록 체력이 떨어지고 멘탈이 흔들릴 때면 신경질적으로 변했다.

아직은 첫 라운딩 후라 멀쩡했다.

"아무 일도 아냐~"

"뭐야, 혹시 애인 얘기 하는 거야?"

단비와 화령의 표정을 보며 지레 짐작하는 아만다 로엘.

거리를 두고 따라붙은 갤러리들이 세 사람의 모습을 보며 자기네끼리 수군거렸다.

마치 가까운 친구들끼리 연습 라운딩이라도 나온 듯한 분위기를 연출하는 세 사람.

"애인? 남자 얘기 아니야~"

"그래? 난 요즘 그 남자 때문에 고민인데……."

"남자? 아만다 연애 해?"

"연애? 아니~ 내가 요즘 눈에 넣어도 안 아플 남자를 하나 찍었는데… 영 마음을 열지 않아."

"…그래? 뭐하는 사람인데?"

보통은 다음 샷을 위해 이동할 때는 거의가 클럽이나 이동 거리 등에 관해 캐디와 상의하는 게 보통이다.

하지만 세 사람은 서로 모르는 것도 아니고 주니어 시절부터 얼굴을 익힌 만큼 그런 부담감에서는 오래전에 벗어나 있었다.

청춘들의 공통 관심사.

이성에 관한 얘기가 자연스럽게 흘러나왔다.

어떤 면에서 가장 큰 대회라 할 수 있는 US여자오픈 대회.

세 사람은 현재 상황과 어울리지 않는 대화를 나누면서도 크게 신경 쓰지 않았다.

내숭을 떨고 모른 척하기에는 아직 소녀적 감성이 많이 남아 있었다.

"야구 선수."

"오~ 메이저리거?"

"응~ 얼마 전에 승격했어."

"대단한데. 몇 살이야?"

"나랑 동갑."

"그 나이에 벌써 메이저리거야?"

화령과 아만다 로엘이 자연스럽게 이성 얘기로 꽃을 피웠다.

갤러리들과의 거리는 꽤 되었고 캐디들 역시 뒤에서 따라오고 있었다.

그들이 듣는다 해도 선수들의 사생활에 관련해서는 입이 무거워 따로 걱정할 것은 없었다.

"그렇다니까. 마이너리그 생활도 길게 하지 않았어."

"와아! 멋진데~"

"호호, 정말 멋있어. 그래서 언니와 내기를 했어. 누가 먼저 그를 남자친구로 만들 수 있는지 말이야. 물론 내가 이길 거야."

"언니… 라면……."

왕화령은 아만다의 언니를 떠올렸다.

스포츠계에서도 꽤 유명세를 타는 여성이었다.

한때 아만다와 함께 골프 잡지 표지를 장식했던 미모의 여성.

"제시카 로엘 맞지?"

"맞아~"

"호호호, 재밌겠다. 한 남자를 두고 자매가 라이벌이 되다니."

누가 봐도 재미있는 상황이었다.

화령 역시 아무것도 모르고 웃음을 터뜨렸다.

"제시카 언니가 욕심이 많아. 여러모로 내가 더 우월하다는 걸 인정하지 못하고 있어."

경쟁자로서 함께 라운딩에 참여하고 있는 선수들 앞에서 제시카에 대한 뒷얘기를 거침없이 쏟아놓는 아만다.

"나도 메이저리그에 아는 친구가 있는데~"

"와우~ 화령도? 좋아하는 사이야?"

"응~ 아만다만 있는 게 아니야. 한국에 잠깐 갔을 때 만난 친군데… 호호, 아직 넘어오지 않았어."

"코리아?"

아만다가 걸음 속도를 살짝 줄이며 호기심 가득한 눈으로 화령을 돌아보았다.

"사실은 아빠가 내 짝으로 오래전부터 점찍어 놓은 남자였어~"

화령은 살짝 부끄러운 듯 말을 이었다.

"그러고 보니… 걔도 코리아에서 왔다고……."

"응? 뭐라고 했어?"

아만다 중얼거리는 듯한 작은 소리에 화령이 귀를 쫑끗 세웠다.

황령이나 아만다가 말하고 있는 대한민국 국적의 메이저리거.

두말 할 것도 없었다.

"설마… K?

"헛! 그럼 아만다가 말한 그 남자가 강민?"

뚝.

왕화령과 아만다 로엘이 서로를 바라보며 걸음을 멈추었다.

둘은 멍하니 아무 말 없이 입을 벌린 채 말을 잇지 못했다.

그리고 또 한 사람.

아무 말 없이 두 사람의 얘기를 흘려들으며 걷던 손단비.

그녀 역시 몸이 굳은 듯 그대로 멈춰 섰다.

"오! 마이 갓!"

"어머머머머머……."

오른쪽 손바닥을 이마에 대며 살짝 휘청이는 아만다.

두 눈을 동그랗게 뜨고 어머머 소리만 연신 내뱉은 왕화령.

필드 위에서도 라이벌로 만났는데 처음 꺼낸 이성에 있어서도 같은 상황이 벌어졌다.

그래도 간간히 웃음을 나누며 게임에 임했던 동갑내기 프로 선수들.

이제는 한 사람을 놓고 제대로 붙어야 하는 사이가 되었다.

파르르르.

화령과 아만다 두 사람이 정신을 수습하는 사이 말없이 걸음을 멈춘 손단비는 두 주먹을 조용히 움켜쥐었다.

분명 모든 것을 잊고자 했다.

손단비는 자신도 모르게 몸을 파르르 떨었다.

또 다시 아무 상관없을 것 같은 곳에서 그의 이름을 듣게 된 것이 당황스러웠다.

아무리 신들이 짜 놓은 운명이라 해도 잔인하다는 생각이 스쳤다.

골프 대회에 출전해서까지 듣게 될 줄은 몰랐다.

"분명히 말하는데 K는 내 거야!"

아만다가 먼저 냉정함을 되찾고 차분하게 화령을 정면으로 보며 말했다.

하지만.

"무슨 소리야! 민이는 그렇게 쉬운 남자가 아니야! 그리고 아무나 만나지 않는다구."

"뭐야! 말 다했어?"

괜히 두 사람은 김칫국부터 둘러 마시며 열을 올렸다.

"흥! K 취향은 그쪽이 아니거든~"

"이런 말까지 안 하려고 했는데… 우린 이미 볼 거 다 본 사이라구."

"뭐, 뭐야?"

"호호호, 참 실하더라~"

"……."

아만다의 노골적인 한마디에 화령은 할 말을 잃고 멍하니 듣고 있었다.

굳이 이런 말까지는 필요 없었지만 화령의 눈빛이 정말 K를 빼앗아갈 것처럼 보였다.

"이 몸은 K와 한집에서 같이 지냈었다네~ 호호, 호호호."

"아만다! 정말이야?"

따뜻한 봄처럼 화사한 대화는 갑자기 시베리아 공기처럼

바뀌었다.

화령의 살짝 높은 목소리에 거리를 두고 따라 걷던 갤러리들이 술렁였다.

아무리 사이가 좋지 않은 관계의 두 사람이 한 라운딩에 나서도 분위기가 이렇게까지 싸늘한 공기가 돌지는 않았다.

매너로 시작해 매너로 끝나는 스포츠 종목이 골프였다.

상대 선수에게 반말을 하는 경우도 흔하지 않았다.

저벅저벅.

급기야 말다툼처럼 보이기까지 한 화령과 아만다의 대화.

살짝 넋이 나간 듯한 손단비가 다시 그린 위에서 걸음을 옮겼다.

"난… 강민을 믿지 않아……."

그리고 혼잣말을 흘렸다.

주변 그 누구도 듣지 못한 낮고 작은 목소리가 푸른 잔디 위에 쏟아졌다.

여전히 모든 여인들의 마음을 사로잡고 있는 강민의 행적.

이곳에서도 그의 진실은 덮이고 있었다.

아만다가 화령에게 내뱉은 말들은 고스란히 단비의 가슴 속으로 흘러 들어와 쌓였다.

그리고 비수가 되어 박혔다.

3년 전 강민과의 짧은 추억.

그녀가 간직하고 있는 기억들보다 화령과 아만다가 더 많은 것을 그와 공유하고 있는 것처럼 보였다.

가슴이 한없이 먹먹해져 왔다.

그를 믿지 않는다고 말했지만 마음 한구석에서는 또 다시 그를 믿고 싶은 마음이 이중적으로 고개를 들었다.

냉정을 찾아 추슬렀던 감정이 다시 휘몰아쳤다.

폭풍처럼 일기 시작한 감정의 소용돌이는 이내 단비를 무장 해제시키고 있었다.

주루룩.

뒤에서 바라본 그녀의 모습은 도도하기 그지없었다.

하지만 자신도 모르게 흐른 뜨거운 눈물은 두 볼을 적시고 턱을 지나 목으로 흘러내렸다.

모자를 깊숙이 눌러쓴 단비.

휘리리링.

손단비의 젖은 눈을 본 사람은 없지만 멀리 넓은 필드에서 불어온 바람은 그녀의 볼을 스치며 뜨거운 눈물을 차갑게 식혔다.

따아악!

"큽니다!"

"오! 4번 타자 알폰소 바비아노가 밀어 친 공이 쭉쭉 뻗어 우측 펜스를 향해 갑니다!"

"와아아아아아아!"

1876년에 창단됐을 만큼 오랜 역사를 갖고 있는 시카고 컵스.

그에 비해 월드시리즈 우승은 단 두 차례밖에 얻지 못했다.

그리고 딱 100년이 돼 가고 있는 리글리 필드 구장.

평일 오후 2시 경기다.

4만 1160여 석의 관중석에는 이미 3만여 명이 들어차 있었다.

포스팅 시즌에는 무리하게 투자를 하지 않는 시카고 컵스.

대신 젊은 선수들로 새로 팀을 구성에 경기를 이끌었다.

오른쪽 5미터에 높이의 펜스를 향해 공이 날아갔다.

시카고 팀의 주축인 4번 타자 알폰소 바비아노가 얻어낸 큰 타구였다.

샌프란시스코 자이언츠의 선발 벳 케인의 직구를 초구에 그대로 통타했다.

경기는 3회 말을 달리고 있었다.

시카고 팀과 자이언츠의 경기는 투수전으로 흐르고 있다.

자이언츠 선발 벳 케인의 공에 헛스윙하기 바빴던 컵스 타자들.

자이언츠 타자들 역시 시카고 1선발 데이빗 헤어스턴의 공에 줄줄이 아웃을 당했다.

1회 초 공격에서 초구 홈런을 때린 알폰소 바비아노 덕에 시카고 컵스가 한 점을 먼저 뽑아내고 있었다.

처음부터 홈런을 직감한 듯 1루를 향해 가볍게 뛰었다.

지난해 타율은 높지 않았지만 팀에서 가장 많은 32개의 홈런을 때린 거포였다.

연봉 1,000만 달러를 넘기는 선수가 드문 시카고 컵스에서 알폰소 바비아노는 최고의 고액 연봉자였다.

그가 오늘도 한 건 하고 있었다.

"어!"

"헉!"

시카고 컵스와 자이언츠 경기를 중계하던 시카고 지역 방송국 아나운서들이 순간 당황하기 시작했다.

터더더더덕.

공을 쫓아가던 샌프란시스코 자이언츠의 우익수.

주전 우익수를 맡고 있던 게리 하트 대신 투입된 선수였다.

그가 몸을 틀어 달렸고 멈추지 않았다.

알폰소 바비아노는 분명 장타를 날렸고 110미터 정도 되는 우중간과 높은 펜스 덕분에 누가 봐도 홈런이었다.

아니 아슬아슬하게 펜스를 넘어가고 있었다.

파바바밧.

그 순간 공을 쫓아가던 우익수가 그대로 몸을 날렸다.

다른 구장과 달리 펜스가 높은 리글리 필드 구장.

대부분 공을 쫓아가기보다 펜스 플레이를 대비하는 게 보통인 곳이었다.

그런데 샌프란시스코 자이언츠의 신인 우익수가 겁을 상실하고 공을 쫓았다.

"저런 멍청한!"

"!!!"

리글리 필드 구장 역시 다른 구장들처럼 펜스 보강 시설이 잘 되어 있었다.

하지만 차짓 펜스를 제대로 보지 않고 달리다 충돌하게 되면 대형 사고로 이어질 가능성이 적지 않았다.

샌프란시스코 자이언츠 우익수가 펜스를 넘어가는 공을 무리하게 쫓다가 그대로 펜스에 부딪혔다.

아니 자세히 말하면 펜스를 발로 걷어차듯 튕겨 올라 몸을 띄웠다.

그것도 새처럼 가볍게.

약 4.6미터에 이르는 높이까지 뛰어오른 우익수는 자신이 새라도 되는 듯 착각하는 것처럼 보였다.

아무리 점프력이 좋다 해도 보통 두 팔과 두 발을 도움해 올라갈 수 있는 높이는 3미터를 넘기 힘들다.

그런데 5미터에 육박하는 펜스를 넘어가는 공을 잡겠다고 무모한 도전을 하고 있었다.

그리고.

턱!

글러브를 낀 손을 힘껏 뻗더니 단박에 공을 글러브 안으로 빨아들였다.

처억.

높이 뛰어올랐던 만큼의 운동량으로 다시 땅에 착지하는 우익수.

"……."

순간 방송을 중계하고 있던 앵커는 물론이고 덕아웃에서 지켜보던 선수들을 비롯해 관중들 모두가 마법에 걸린 듯 멍한 표정이 되었다.

매처럼 선수들의 동작 하나하나를 체크해야 하는 심판마저도 아웃 선언을 잊어 버렸다.

리글리 구장 역사상 그 누구에게도 허락되지 않았던 홈런볼이다.

전설이 깨지는 순간이었다.

무려 4.6미터의 장벽이나 다름없는 구장의 펜스.

그 높이를 넘어 날아가던 홈런의 머리를 끊어 잡아채 내려왔다.

"아, 아웃!"

뒤늦게야 심판의 아웃 사인이 떨어졌고 멈춘 듯 고요했던 구장의 침묵을 깨뜨렸다.

콰아앙!

1루를 향해 여유롭게 뜀박질을 하던 알폰소 바비아노가 헬멧을 내동댕이쳤다.

직접 눈으로 보지 못했다면 믿기 힘든 억울한 광경이었을 것이다.

홈런 하나를 빼앗겨서가 아니었다.

다시 칠 수도 있다.

그러나 이런 경우라면 말도 안 되는 심리적 충격으로 되도 않게 슬럼프가 올 수도 있다.

"......."

이 정도 광경이 벌어졌다면 극성스러운 홈팬들의 야유가 쏟아져야 정상이었다.

의외로 관중석은 조용했다.

홈팀이었다면 반대로 구장이 떠나가라 환호성이 터진다 해도 이상할 게 없었다.

하지만 홈런볼을 잡은 선수가 시카고 컵스 선수가 아니었다.

물론 실황 경기에서 한 번 볼까 말까한 광경임은 분명하지만 이도저도 표현을 하지 못하고 있는 상황이다.

이런 멋진 장면 앞에서도 응원하는 팀과 상태 팀에 대한 경계를 무너뜨리지 못하고 있는 게 현실이었다.

이성적으로 받아들이기 힘든 순간.

턱턱턱.

그 사이 수비를 끝마치고 원정팀 덕아웃인 1루 쪽으로 걸어가는 샌프란시스코 자이언츠의 우익수.

"뭐야! K였어?"

"저 선수 어제 퍼펙트 찍은 K잖아."

"우와~ 엄청나군."

"투수잖아! 선발 투수가 왜 나온 거야?"

"미쳤군……."

야유와 함성 대신 옆에 앉은 사람들과 정보를 교환하며 수군거리기 시작한 시카고 컵스 홈팬들.

삽시간에 관중석 전체로 퍼지고 있었다.

척.

샌프란시스코 자이언츠 덕아웃에 들어서며 K는 팀 동료들과 하이파이브를 나눴다.

중계방송 카메라가 그의 움직임을 그대로 전광판에 쏘고 있었다.

동료들과 인사를 나눈 K.

그가 갑자기 움직임을 멈췄다.

그의 모습을 찍고 있던 카메라도 멈췄다.

스윽.

K가 돌아섰다.

그리고 관중석을 향해 시선을 고정하더니 모자를 벗고 정중하게 허리를 숙였다.

"!!!"

"……."

전광판에 비친 K의 모습.

그의 행동을 지켜보던 시카고 컵스 홈팬들은 다시 한 번 놀라고 있었다.

우승을 뽑아내야 하는 홈팀의 상대팀 선수이지만 갖춘 실력과 예의가 갖춰져 있는 사람임을 다시 한 번 확인하는 순간이다.

아무리 자이언츠 소속 선수라도 해도 덮어놓고 미워할 수 없는 루키 선수.

전광판을 바라보던 시카고 컵스 홈팬들은 첫 타석 홈런 때 야유를 퍼부었던 순간이 부끄럽게 여겨졌다.

"헤이! K! 너무 혼자 멋있는 건 다 독식하는 거 아냐!"

덕아웃에 들어서는 순간 홈런을 때린 것만큼이나 동료들의 환대를 받았다.

특히 오늘 선발 투수인 켓 베인은 나의 어깨를 두들기며

진한 눈빛을 보내왔다.

그리고 벤치에서 일어나 빠른 속도로 나를 향해 다가오는 경계 인물 1호.

잭 윌리엄이 하트 뿅뿅한 눈길로 두 팔을 벌리며 격하게 포옹을 해왔다.

"잭, 더 이상 다가오면 오늘 밤 야식 같이 먹지 않을 거예요."

"하하, 알았어!"

있는 대로 팔을 벌리고 다가오다 나의 말을 듣고 재빨리 차렷 자세를 취했다.

나와 달리 아직 팀 내에서 잭을 환영해 주는 선수는 많지 않았다.

게다가 주전 포수 자리를 내준 상황이 아니었기 때문에 내가 선발 투수로 나설 때 말고는 벤치 신세를 져야 했다.

잭 윌리엄 역시 머지않아 다시 마이너리그로 내려가게 될 거라고 생각하는 듯했다.

자이언츠 선수들도 마찬가지.

곧 내려갈 마이너리거란 생각에 쉽게 말을 섞지는 않았다.

전체적으로 동료들과 대화가 없는 잭 윌리엄.

그 와중에도 나와 눈만 마주치면 얼굴에 화색이 돌았다.

"K, 수비가 아주 환상적이었어. 대신 몸 좀 사려줬으면 고맙겠군."

첫 타석 홈런을 때린 직후 다음 타석에서는 포볼로 나갔다.

도루 2개를 얻었지만 후속 타자가 삼진으로 타석에서 물러나면서 득점 기회를 놓쳤다.

홈 팬들의 야유가 아예 자리를 잡으려던 찰나, 한 건 제대로 보여준 셈이다.

말문이 막힌 시카고 컵스 홈팬들을 위해 깔끔하게 인사도 날렸다.

모두 나의 미래를 위한 일이다.

홈팬의 상대팀 소속 선수라는 이유 하나만으로 안티팬 천만 명을 육성하고 싶은 마음은 없었다.

"네, 감독님. 몸 사려가며 하겠습니다."

다루스 보치 감독이 다른 코치들보다 먼저 다가와 나를 챙겼다.

'다 팬 서비스입니다. 흐흐.'

인기와 명예 그리고 부가 쌓이는 데 거져 되는 건 없다.

결국 야구팬들이 없다면 야구도 의미가 없는 셈이다.

야구에 활력을 더하고 있는 팬들에게 제공할 수 있는 서비스는 하고 싶었다.

그 정도 배려도 없다면 나 역시 수많은 약탈자와 다름없는 고액 연봉자의 한 사람일 뿐이었다.

때론 쇼맨십이 막힌 체증을 풀어주는 데 특효일 때가 있다.

아무리 시카고 컵스의 홈팬이라 하더라도 상대팀인 자이언츠가 없다면 아무 소용이 없었다.

게임을 보기 위해 관중석을 메운 이들.

이런 나의 서비스로 구장을 벗어날 때 내 이름이 박힌 티셔츠 한 장을 구입해 줄 수도 있지 않겠는가.

"언제든지 마음 바뀌면 말하게."

"넵! 보스!"

힘찬 나의 대답에 빙긋 웃을 띠며 자신의 자리로 돌아가는 다루스 보치 감독.

"역시 총애를 입은 선수는 다르다니까~"

"그럼 잭도 한 번 도전해 봐요."

"나보고 자네처럼 날라고? 농담이지?"

0.1톤이 넘는 거구인 잭 윌리엄은 절대 불가능한 도전.

잭은 나의 동담에 고개를 절레절레 저으며 오버 액션을 보였다.

홈런 하나, 볼넷 하나, 그리고 도루 두 개.

내심 기분이 꽤 좋았다.

계약서상 그대로 진행되고 있다면 지금 현재 통장 잔고가 꽤 차 있을 것이다.

눈으로 확인하지는 못했지만 상상만으로도 보람이 느껴

졌다.

내 힘으로 직접 벌어들인 세상에서 가장 정직한 벌이다.

설악산에서 귀한 인적 자원을 낭비하지만 않았다면 이런 일들은 1년 전부터 가동되었을 것이다.

'귀는 왜 이렇게 간지러운 거야?'

스극스극.

장갑을 벗고 새끼손가락으로 귀를 후볐다.

신경 쓰지 않으려고 무던히 애를 썼지만 덕아웃으로 들어서면서 더 간지러운 귀가 나를 괴롭혔다.

오늘따라 양쪽 귀가 동시다발적으로 간지러웠다.

양 도사는 이럴 때 누군가 나를 아주 높이며 내가 없는 자리에서 말이 많이 나온 탓이라 했다.

허구한 날 양쪽 귀를 면봉으로 후비고 있어 어느 날 물었더니 나온 대답이 그랬다.

설악산 산중 생활이 세속의 이야기들과 다 같을 수는 없겠지만 달라도 너무 달랐다.

물론 오른쪽은 칭찬 왼쪽은 험담이란 말을 모르고 있지 않았다.

양쪽 귀가 뜬금없이 미친 듯 가려운 것을 보니 흉과 칭찬이 동시에 사방에 퍼져 있는 것으로 짐작되었다.

'좋긴 좋아~'

새삼 다시 느끼는 것이지만 메이저리거의 호사가 편하긴

편했다.

비행기 타고 이동한 것도 좋았고 정장 쫙 빼입고 달랑 슈트 가방 하나 들고 움직인 것도 좋았다.

짐 풀고 하룻밤을 묵은 호텔도 5성급이었다.

트윈룸 하나가 통째로 1인실로 제공되었다.

함께 동행한 클러비들이 짐도 방까지 옮겨 주는 서비스가 따랐다.

약간의 팁이 오가긴 했지만 그 정도로 최상의 서비스를 제공받는다는 것은 마이너리그에서는 있을 수 없는 일들이었다.

오직 선수들로서는 게임에만 집중할 수 있는 환경이 만들어졌다.

대신 공식 이동 중에는 머리끝부터 발끝까지 완벽한 정장 차림이어야 한다.

선수들로서 그 정도 인내는 감당해도 좋았다.

마이너리그에서는 편안한 운동복이 어느 정도 자유롭게 허용됐지만 이곳에서는 절대 용납되지 않았다.

뿐만 아니라 혼자서 싸구려 햄버거 가게에 들어가지 말라는 교육을 따로 할 정도였다.

메이저리거다운 행동을 하라는 메시지였다.

어느 정도의 자유를 허용하는 대신 지켜야 할 규칙들이 존재했다.

파바방 파방!

"K!"

파바방 파방!

"K! K!"

'무슨 소리야? 이, 이 소린…….'

마침 벤치에 앉아 여유 있게 공격 시간을 즐기려던 순간
이었다.

갑자기 관중들 환호 속에 섞인 낯익은 목소리와 나를 호
칭하는 이름.

한두 번 하는 게 아니었다.

"K 파이팅! 강민 파이팅!!!"

'강민?'

파바방 파방!

분명 지금까지의 관중들이 보인 호응과는 사뭇 달랐다.

그럼에도 귀에 익은 목소리.

미국 팬들이 보이던 응원과는 차이가 많은 요란한 응원
이었다.

아무래도 막대 풍선을 이용해 두들기는 듯 덕아웃까지
쩌렁쩌렁 울려왔다.

그런데 문제는.

그 시끄럽고 귀에 익은 소리가 모두 다 대한민국의 모국
어란 사실이다.

터더덕.

나는 내 의지와 상관없이 벤치에서 일어나 덕아웃 밖으로 나갔다.

파바방 파방!

"강민이 짱이야!!!"

"파이팅 강민!!!"

"켁!"

바로 덕아웃 위 관중석에서 들려오는 소리였다.

나는 몸을 돌려 고개를 들었다.

그 순간 나는 몸이 그대로 굳어 버리는 듯했다.

시선이 멈춘 자리에 떡 하니 앉아 있는 사람.

머나먼 미국땅.

그것도 단 한 번도 발을 디딘 적이 없는 시카고에서 아주 질긴 인연의 꼬리를 밟고 있었다.

'예린이⋯⋯.'

그랬다.

마치 3년 전 한국 고등학교 운동장을 뛰던 순간에 와 있는 듯했다.

유예린이 떡하니 한자리 차지하고 앉아 특유의 강단을 보이며 응원에 열을 올리고 있었다.

그녀 옆에 한 번쯤은 만나고 싶었던 장혁찬까지 달고 말이다.

두 사람은 풍선 막대를 들고 목청껏 소리치고 있었다.

씨익.

당황과 놀라움도 잠깐.

서서히 맞닥뜨린 상황과 상관없이 괜히 잔잔한 감동이
밀려왔다.

이 먼 곳까지 나를 보겠다고 찾아와 준 친구들.

생각지 못했던 친구들이 조금씩 선명하게 나의 눈에 들
어왔다.

그런 그들이 어찌 반갑지 않을 수 있겠는가.

제8장
세기의 우정

마스터K

"원정이 언제 끝나나?"

"시카고에서 3연전, 이후 홈 3연전이 있습니다. 샌프란시스코에는 3일 후면 도착할 겁니다, 대인."

차이나타운에서 그리 멀지 않은 곳.

순전히 화교의 자본으로만 건설된 대형 호텔 그랑비아.

발밑으로 도시의 화려한 불빛들이 고개를 숙였다.

그리고 멀리 보이는 검은 바다 위를 여러 책의 배들이 순항하고 있었다.

"놈의 거주지는 파악했나?"

"소살리토에 있는 로얄 그룹 회장 개인 저택으로 파악됐습니다."

"놈을 처리할 방법은?"

"워낙 부촌이라 경호원들과 경찰들이 수시로 순찰을 돕니다."

"어떻게 할 생각인가?"

"인질을 미끼로 할 생각입니다."

"……."

"차이나타운에서 처리하면 가장 적합할 것으로 판단됩니다."

"차이나타운에서? 접수 상황은?"

신중에 또 신중을 기해야 하는 사안이었다.

"조직원 반절 이상은 넘어와 있습니다."

"곽 대인 쪽은 어때?"

"준비한 일을 터뜨리면 곽 대인은 쓰러지게 돼 있습니다."

"조심해! 소림사에서 수행을 맡던 자다."

고요함이 가득한 최고급 VIP룸.

창밖을 내다보며 야경을 감상하던 용 대인이 몸을 살짝 틀었다.

가문의 일을 도맡아 하는 집사 당유방이 모사꾼다운 눈빛으로 용 대인에게 고개를 숙여 보였다.

"대인, 세상이 많이 변했습니다."

"……."

"주먹으로 가문을 일으키고 지키던 시대는 오래전에 지났습니다."

"…그건 그렇지……."

미국뿐만 아니라 전 세계에서 가장 탄탄하게 자리 잡은 차이나타운.

명목상 화룡회의 투자 형태로 구축됐지만 실상은 그렇지 않았다.

곽씨 가문이 주축이 되어 이만큼 자리 잡았고 관리되고 있는 미국 진출의 교두보.

한국에서 문젯거리를 제공한 강민을 제거하기 위해 온 발걸음이었다.

하지만 온 김에 곽 대인의 마지막 힘줄까지 깨끗하게 끊어 놓을 생각이었다.

"주지사 쪽에 손을 써 놓았습니다."

"…음."

"대규모 마약 사건에 연루된다면 쉽게 빠져나올 수 없을 겁니다."

"…별수 없이 끝나겠군."

유색인종들이 다른 주보다 많이 거주하는 캘리포니아.

그만큼 마약 범죄에도 심각한 처벌이 따랐다.

미리 포섭해 놓은 곽 대인의 핵심 수하가 총대를 대신 메기로 약속이 돼 있었다.

화교들은 마피아가 아니었다.

상권이 목적이고 권력은 수단이었다.

더구나 주먹은 필요할 때 이외에는 최대한 사용을 자제했다.

화룡회 기본 지침에 마약이 취급 금지 목록인 것도 다 그런 이유에서였다.

물론 은밀한 거래가 있을 수는 있었다.

하지만 그 어떤 누구도 드러내놓고 화룡회의 명예를 실추시킬 시에는 가문의 생존에 위협이 가해졌다.

사정이 이러한데 미국이 떠들썩할 정도의 대규모 마약 거리가 발각된다면 얘기는 180도 달라진다.

그 중심에 곽 대인이 서 있는 시나리오가 완성됐다.

판이 이미 다 짜여 있는 상황.

총대를 멜 곽 대인의 핵심 부하는 필수였다.

곽 대인으로서는 빼도 박도 못할 정도로 충격적일 수족의 배신행위가 될 것이다.

그간 오랜 시간 숙려해 온 용 대인의 길고 긴 작업의 결과물이다.

"크크크. 자네만 믿겠네."

용 대인의 기분 좋은 목소리에 당유방이 허리를 폈다.

"그리고… 약조한 대로 캘리포니아는 자네 가문에게 주

겠어."

"망극하옵니다. 대인!"

허리를 폈던 당유방은 처음보다 더 깊숙이 허리를 숙였다.

마치 황제나 왕을 앞에 두고 서 있는 듯한 당유방의 태도.

보일 듯 말 듯한 미소를 짓고 고개를 떨군 채 잠시 그대로 있었다.

과연 오늘 이 순간만을 위해 용 대인에게 개처럼 충성을 받쳤다.

화룡회를 거느리는 열두 대인들의 비호가 없이는 진출이 불가능한 지배 가문.

"곽 대인은 그만하면 처리가 되겠군."

"예, 대인. 확실합니다."

"강민을 처리할 방법도 찾아놓게. 최대한 조용히 처리해야 할 것이야."

"미국 방식으로 완벽하게 마무리될 것입니다."

"그러니까 하는 말 아닌가."

"유명한 스타들도 간간이 권총 강도를 당하는 곳입니다. 걱정 붙들어 매십시오."

당유방은 자신만만한 목소리로 포권을 취하며 아부의 극을 달렸다.

허리를 굽신거리며 고개를 주억거리기까지 했다.

"호신위들도 준비를 하고 있으니……."

"인질을 쓰면 쉬울 것입니다."

"그래… 인질을 잡아서 끌어들여 봐. 직접 한 번 보고 싶군."

"대인의 뜻을 받들겠습니다."

용 대인은 당유방의 속셈을 오래전부터 알고 있었다.

뛰는 놈 위에 나는 놈이 있는 법.

당유방의 아부가 싫지 않았고 충성도를 믿어 지금까지 연줄을 대어 왔다.

"야경이 참 아름답군. 안 그런가?"

"예, 대인. 대인의 인품처럼 참으로 아름답사옵니다."

"…홍콩보다 못하지만 역시 봐줄 만해……."

30층 높이를 훌쩍 넘는 언덕에 자리를 잡은 호텔.

어둠이 내려앉은 바다에 듬성듬성 떠 있는 섬들과 금문교가 꽤 멋스러운 야경을 만들어냈다.

"크크……."

두툼하고 한 입술을 비집고 흘러나오는 욕망의 배설물들이 어울리지 않는 룸에 떠다녔다.

때론 타인들의 삶을 짓밟고도 이렇게 행복에 젖은 시간을 맞는 사람들이 가장 화려한 밤을 맞기도 했다.

이 세상 곳곳에 사는 위선자들의 전형적인 모습이었다.

"민아!"

터더더덕.

덥석.

'으으…….'

나만 보면 무조건 돌진하려 드는 유예린.

마치 제동이 되지 않는 전차 같았다.

경기를 무사히 마치고 선수들과 함께 버스로 이동해 도착한 하야트 호텔.

이곳까지 오면서 잠시나마 자유롭게 느꼈던 바람과 낭만의 도시다운 풍경들.

미시간 강을 따라 18개의 다리가 운치 있는 고풍스러운 도시였다.

시카고 상품 거래소가 있을 만큼 명품 산업도시로 알려져 있지만 녹지 공간과 공원이 잘 어우러져 있는 여유로운 동네였다.

동네 한 바퀴를 돌고 호텔에 짐을 막 풀었을 때였다.

유예린이 로비에서 보자며 연락을 해왔다.

다짜고짜 숙소를 물어와 하야트 호텔에 묵는다고 말을 흘렸더니 나보다 먼저 와 기다리고 있었던 것이다.

그리고 나를 보자마자 또 시작됐다.

다른 사람 시선 따위 아랑곳하지 않고 냅다 달려와 안

졌다.

"오우~ K~ 멋진데?"

"휘이이이~ 우리 루키가 제대로 연애할 줄 아는데?"

"크크크. 오늘 밤은 찾아가지 않을게~"

역시 동료 선수들이 그냥 지나가지 않았다.

얼마나 큰소리로 나를 부르며 달려들었는지 저만치 떨어져 가던 동료들까지 돌아보며 놀려댔다.

'얘가 누구 혼삿길을 막을 작정이야…….'

살짝 어색하기도 했지만 느낌은 좋았다.

예린이 정도면 누가 봐도 괜찮은 비주얼이었다.

키도 그렇고 외모 또한 빠지지 않았다.

애인이라고 소개해서 뒷말을 들을 정도는 아니었다.

노출이 좀 과하다 싶은 것만 빼고 말이다.

본격적으로 여름철로 접어든 시카고의 날씨 탓도 있었지만 좀 심했다.

짧아도 너무 짧았다.

그것도 위아래로 다.

청바지 핫팬츠에 요란스러운 상의.

검정 바탕에 도시 풍경이 프린트된 민소매 셔츠.

미국 사람들만 두고 보자면 평범한 스타일이었지만 예린이는 누가 봐도 튀는 동양인이었다.

국민 배우 이태희가 몸뻬 바지를 입어도 이태희라고 유

예린도 마찬가지였다.

옆으로 붇지 않고 위로 길쭉한 예린이는 미국 여성들에 뒤지지 않았다.

준수한 수준의 미모.

게다가 동양 여성들에 대한 환상을 어느 정도 갖고 있는 스포츠 선수들에게는 눈요기가 되기 딱 좋았다.

날렵해 보이는 가늘고 긴 팔다리가 동료 선수들의 시선 흔들었다.

불과 얼마 전 설악산에서 대놓고 접촉했던 예린이의 탄력적인 몸.

처음에 있지도 않았던 피로감이 말끔하게 해소되는 듯했다.

"민아!"

그때 예린이 뒤쪽에 서 있던 혁찬이 깊은 눈빛으로 나를 불렀다.

"오! 마이 프렌드 혁찬!"

"오랜만이다!"

하지만 여전히 나에게 꽉 엉겨있는 유예린.

목을 두른 그녀의 두 팔을 슬며시 풀었다.

"인터넷으로 네 활약상 봤다. 많이 컸더라~"

"너한테 비하면 독수리 발톱 정도지."

"어쭈쭈. 이제 스타라고 겸손도 배웠네?"

잘 떨어지지 않으려는 예린이를 품에서 떼어냈다.

눈치 채지 못하게 살며시 밀어내며 혁찬에게 다가갔다.

3년 전과는 비교도 안 될 만큼 근사하게 성장한 장혁찬.

웹 스포츠 뉴스를 통해 봤던 모습보다 실제 모습이 훨씬 더 보기 좋았다.

유럽의 덩치 큰 선수들과의 몸싸움에서도 밀리지 않을 만큼 체구가 커진 상태였다.

여전히 사각 진 턱과 얼굴은 남성미를 더 물씬 풍기게 했다.

눈빛도 일반 보통 사람들과 달리 패기가 가득했다.

"민아… 진짜 반갑다."

스윽.

품에서 예린이가 비켜나서 그제야 손을 내미는 혁찬.

꽈악.

나는 혁찬을 손을 마주잡았다.

조용히 맞잡은 손에 힘을 주었다.

퉁! 퉁!

혁찬과 나는 잠시 악수를 한 채 잠시 그대로 마주보고 눈을 맞추었다.

남자들의 우정이라고나 할까.

손바닥에서 서로의 마음이 전해지는 듯했다.

심장 박동 못지않은 강한 맥박이 고스란히 전해졌다.

둘도 없는 친구의 살아 있는 에너지였다.

"힝~ 민아! 나도 좀 봐줘."

떼어 놓은 지 몇 초도 되지 않아 앙앙거리는 유예린.

나는 살짝 못 들은 척 계속 혁찬과 얘기를 나누었다.

"너를 보려고 방학하자마자 왔단 말이야. 얼마나 고생을 했는데~ 다리도 아프고 배도 고프다고~"

시간이 지나도 여전한 혁찬과의 우정을 되새길 틈도 주지 않았다.

"LA에서 프레즈노로, 또 그곳에서 샌프란시스코로~ 이게 뭐야~ 고생하며 여기까지 왔는데~"

분명 오성 그룹 저택에서 나와 굿바이 인사를 할 때 이 정도는 아니었다.

마치 성숙한 여인처럼 쿨하게 나를 보내줬던 예린이.

며칠 사이에 돌변해 애처럼 굴고 있었다.

"나가서 밥 먹자. 내가 살게."

"무슨 소리! 이제 루키 신분에 무슨 돈질이야."

혁찬의 손을 잡은 채 저녁을 사겠다고 말하자 혁찬이 목소리를 높였다.

"이래봬도 난 주급을 받는 몸. 말 그대로 잘나가는 축구 선수라 이 말씀이야~"

혁찬의 말과는 다르게 미국은 축구에 그리 달아오르지

않는 나라 중 하나다.

　그러다 보니 유럽에서 뛰고 있는 혁찬을 얼굴을 알아보는 사람도 없었다.

　나의 사정을 전혀 모르고 있을 혁찬으로서는 당연한 반응이었다.

　"호호, 오늘 대박! 난 아직 학생 신분인데 돈 버는 친구들 있으니 좋구나~"

　불과 3년 전의 풍경과는 사뭇 다른 우리 세 사람의 모습.

　결코 길다고 할 수 없는 시간이었지만 분명 프로 스포츠 선수로서 현장에서 뛰고 있는 나와 혁찬.

　예린의 말이 틀리지 않았다.

　솔직히 우리 셋 중 예린이 가장 가진 게 많은 사람이었지만 말이다.

　자수성가해 가는 혁찬과 나와는 출생 신분 자체가 다른 예린.

　"그럼 네가 사라."

　나는 쿨하게 혁찬에게 양보했다.

　혁찬 못지않게 내 통장에도 계약금이 고스란히 꽂혀 있었다.

　또 한도가 얼마인지 체크해 보지 않은 제시카가 건넨 신용카드도 소지하고 있었다.

　밀머니로 받은 현찰도 주머니에 고스란히 있었다.

다만 혁찬의 호의를 거절하고 싶지 않았을 뿐이다.

"고맙다! 여기서 기다릴 테니까 올라갔다 와!"

"오케이~!"

"민아~ 빨리 와~"

예린과 혁찬을 로비에 두고 돌아섰다.

생각지도 못했던 낯선 땅에서의 재회.

3년이라는 시간이 흘렀지만 한국 고등학교 재학시절 때와 크게 다르지 않았다.

몸은 어른이 된 것처럼 많이 성장해 있었다.

사회적으로 입지를 굳혀가고 있었고 자신들의 삶을 책임지고 있을 만큼 의젓해졌다.

그때 당시 느꼈던 우정.

시간이 지난 지금에 와서도 마르지 않는 오아시스 같은 생기를 나에게 나눠주었다.

팟! 팟!

"내가 미쳐!! 쟤는 여길 왜 온 거야?? 아우!!"

샌프란시스코 자이언츠 팀이 숙소로 정한 하야트 호텔 로비.

거대한 기둥 뒤쪽 후미진 곳에서 카메라 셔터 소리가 들렸다.

환한 조명이 여기저기를 밝히고 있어 세 사람을 렌즈에

담는 데는 불편함이 없었다.

강민과 장혁찬, 그리고 유예린.

아무도 인정하지 않겠지만 정아람은 이 미국 땅에 청운의 꿈을 품고 넘어왔다.

욕심이라고 해도 좋았다.

번번이 묵사발이 되고 있었지만 오늘만큼은 기회를 놓치고 싶지 않았다.

대한민국 굴지의 언론사들에 밀려 점점 입지가 좁아지고 있는 조국일보의 떠오르는 희망 정아람.

아예 강민 밀착 취재 전담반으로 시카고까지 날아왔다.

대한민국 최초, 아니 메이저리그 최초로 데뷔전을 퍼펙트게임으로 장식한 강민.

난리도 이런 난리가 없었다.

NBC 방송국은 재방송도 20프로가 넘는 시청률을 기록했다.

소리 소문도 없이 주말 낮에 방송이 되었다.

때문에 생중계를 시청하지 못한 시청자들의 열화와 같은 재방송 요구가 빗발쳤다.

그야말로 중계방송 하나로 순식간에 떼돈을 쓸어 모은 것이다.

그것으로 끝이 아니었다.

강민이 선발 투수뿐만 아니라 타자로 뛰면서 아예 고정

프로그램이 생겼을 정도다.

선발은 정규 방송을 통해 나갔고 나머지는 스포츠 채널을 통해 방송되었다.

얼떨결에 맺은 메이저리그 중계권으로 엄청난 히트를 치고 있는 NBC.

그 성과는 조국일보에까지 돌아왔다.

유일하게 샌프란시스코 자이언츠 정식 취재권을 획득한 조국일보.

발 빠른 현장 취재와 네트워크를 통해 발행 신문보다 앞선 인터넷 뉴스를 제공하면서 대형 서버가 다운될 정도로 인기가 폭발적이었다.

물론 그 중심에 정아람이 있었다.

강민과의 친분 덕분임은 이미 잘 알려진 바였다.

여느 언론사들과 달리 현지에서 생생하게 전해진 덕에 페이지뷰가 수천만 단위를 훌쩍 넘었다.

덕아웃의 표정까지 초근접 취재로 기사화 돼 전해졌다.

과거와 달리 오프라인 지면보다 인기가 좋은 온라인.

볼만한 기사에 붙는 광고만으로 얻는 수익도 만만치 않았다.

당연히 조국일보 광고 단가 역시 하늘 무서운 줄 모르고 치솟았고 정아람에 대한 한국 본사의 지원도 하루가 다르게 달라졌다.

하지만 정아람은 다른 목적이 있었다.

사심 가득한 삶의 목적.

내심 원정 경기가 자주 있기를 바랄 정도였다.

그때마다 우연을 가장해 자연스럽게 접근하려던 계획을 갖고 있었던 것.

일단 눈만 맞추면 그 뒤는 문제없었다.

막상 매번 수작은 부려보지도 못하고 번번이 어긋나고 있었다.

인정하고 싶진 않지만 끊이지 않고 강민 주변을 맴도는 여성들이 문제였다.

얼굴에 철판 깔고 들이대고 싶었지만 정아람과는 레벨이 달랐다.

양심이 있는 한 낄 수가 없었다.

다음 기회를 보자며 돌아섰다.

대한민국에 있을 때는 그래도 학벌은 물론 외모도 웬만큼 먹혔다.

그렇지만 미국에 와서는 아예 상대가 안 됐다.

지금도 마침 시카고 원정 투어 중인 강민과의 자연스러운 접촉을 시도하려 했다.

따끈한 기삿거리도 좀 얻고 돈독한 친분도 쌓으려고 했건만 물을 먹었다.

강민과의 짧은 데이트를 상상하며 무거운 가방을 질질

끌며 다니는 취재도 즐거웠다.

'…반드시… 무너뜨리고 말 거야!'

아직은 포기가 되지 않았다.

아무리 자기 컨트롤이 뛰어나다고 해도 강민도 남자였다.

한창 피가 뜨겁다 못해 펄펄 끓고 있을 나이의 남자.

메이저리거 상당수의 선수들이 와이프나 애인을 두고도 원정 때는 파트너를 만들었다.

이 바닥에서는 유명한 이야기였다.

미국이란 곳이 엎어지면 코 닿는 대한민국과는 달랐다.

적어도 비행기를 타고 몇 시간씩 날아가서 생활해야 하는 곳.

외로움의 비중은 생각보다 컸다.

강민도 사람이었다.

기회만 제대로 잡는다면 수십 번도 넘어뜨릴 수 있을 것 같았다.

하지만 정아람에게 하늘은 아직 열리지 않고 있었다.

허락하지 않는 것인지도 모른다.

찰칵 찰칵.

머릿속이 복잡했지만 일은 일이었다.

아쉬운 대로 기삿거리라도 만들어야 했다.

시카고 원정 경기에 출정한 강민의 사생활 또한 호기심

많은 사람들에게는 그럴싸한 기삿거리가 될 것이다.

그를 찾은 주변 인물들.

알 만한 사람은 다 아는 유럽에서 뛰고 있는 장혁찬 선수다.

잉글랜드 프리미어 리그에서 신선한 돌풍을 일으키고 있는 무서운 질주자.

오리엔탈 라이온으로 불리고 있는 노리치의 핵심 주전 미드필더였다.

스무 살 어린 나이에 일궈낸 쾌거.

대한민국에서는 올림픽과 월드컵 국가대표로 확정된 축구계의 미래나 다름없었다.

그뿐만 아니다.

그 옆에 있는 유예린.

대한민국 오성 그룹의 막내 딸.

저들 모두가 한국 고등학교 출신이란 공통점이 있어 그림을 만들기에 완벽한 조합이였다.

정아람이 알기로 이들은 강민과 불과 몇 달밖에 학교생활을 함께하지 않았다.

그렇다면 그때 잠깐의 우정으로 이 먼 곳까지 응원을 온 것이다.

기사란 게 본래 코에 걸면 코걸이 귀에 걸면 귀걸이가 되는 게 많았다.

'좋아, 세기의 우정! 타이틀 좋네~ 완벽해!'

이번 기사도 대박이 확실했다.

정아람이 어떤 기사를 쓰던 그것은 강민이 수락한 내용이었다.

사생활에 심각한 침해가 없는 사진 정도는 따로 협의를 거치지 않고 개제해도 된다고까지 했다.

이 정도 수준의 컷이라면 문제가 되지 않을 것이다.

아니, 어쩌면 더 고마워할지도 모른다.

누가 봐도 친구들의 우정은 보기 좋으니까 말이다.

'이럴 땐 아쉽네……'

세 사람을 렌즈에 담으며 정아람은 아쉬운 쓴맛을 다셨다.

자신도 저들과 차라리 친구였다면 나았을 거란 생각까지 스쳤다.

아무리 세상이 몇 바퀴 돌고 돌았다 하더라도 나이 차이를 극복하기란 쉽지 않았다.

다른 사람들은 괜찮다고 말해도 정작 본인이 문제였다.

더욱이 강민처럼 잘나가는 친구들에게는 또래가 어울렸다.

'올해 무슨 일 있어? 그러고 보니 쟤네 또래가 거의 다 휩쓸고 있잖아?'

스포츠 전반에서 두각을 보이고 있는 선수들이 대부분

강민과 같은 나이였다.

방금 전 통화했던 동료 역시 취재를 위해 현장에 나가 있었다.

US여자오픈 대회를 취재하고 있는 동료에게서 전화가 걸려왔다.

오늘 7언더파를 기록하며 대회 신기록을 갱신 중이라는 올해 스무 살이 된 손단비 선수에 관한 얘기를 늘어놓았다.

'그래……. 손단비도 한국 고등학교 출신이지…….'

강민이 골프부에서 활동할 때 그와 같은 부원이었던 손단비였다.

LPGA에서 대한민국의 위상을 높인 손단비와 메이저리 거로서 쭉쭉 뻗어나가기 시작한 강민은 뭔가 공통점이 있어 보였다.

'설마… 걔까지 강민과 이러쿵저러쿵 하는 사이는 아니겠지? 아닐 거야…….'

머릿속이 마치 지진이 난 듯 찌근거려 왔다.

하지만 본능적으로 불길한 기운이 스쳤다.

강하게 드는 의심.

강민과 엮이면서 몹쓸 의심병이 정아람을 수시로 괴롭혔다.

그러나 부인할 수 없는 그림이다.

아무 상관이 없는 사람들이라고 해도 강민과 손단비를

나란히 두고 생각하면 그만한 커플도 없을 것 같았다.

'에잇, 아닐 거야!'

정아람은 세차게 머리를 흔들었다.

눈앞에 알짱거리는 유예린만으로도 오늘 하루는 아주 엉망진창이 되어버렸다.

더한 망상으로 자신을 괴롭히고 싶지 않았다.

손단비까지 강민과 엮여 있다면 더는 방법이 없을 것이다.

격이 달라졌다.

더 이상 정아람은 끼어들 자리가 없어지는 것이다.

제9장
친구, 그 한마디는 따스했다

타탁 탁탁탁.

열심히 주판알을 튕기는 낯선 모습.

요즘 세상엔 보기도 힘든 대형 주판을 꺼내놓고 더하고 빼고 정신이 없었다.

가늘고 긴 손가락이 주판알을 튕겨 올리고 내릴 때마다 경쾌한 소리가 사방으로 울렸다.

곱고 매끈한 손등에는 잔주름이 거의 보이지 않았다.

고생이라고는 모르고 산 듯했다.

간간이 낱장 종이에 여러 수를 적고 또 적었다.

그럴 때마다 주판알을 튕기는 손가락은 더 경쾌하게 움

직였고 힘이 넘쳤다.

　탁.

　"이건 됐고!"

　넓고 큰 책상이 가장 인상적인 저택의 2층 공간.

　보통 미국 내 가정들과 다르게 내부 장식은 아주 심플했다.

　여느 가정에나 하나쯤 걸려 있는 유명 화가의 그림이나 모사품 정도도 걸려 있지 않았다.

　심지어 종교에 관련한 그림 혹은 장식품도 보이지 않았다.

　가정집이라고는 믿기 힘들만큼 단순한 실내 모습.

　흔한 가족사진 한 장 눈에 띄지 않았다.

　이곳이 미국이라는 것이 어색할 정도로 낯선 풍경이 연출된 공간이었다.

　대형 모니터가 딸린 컴퓨터와 책상 전부.

　누워 쉴 수 있는 침대도 없었다.

　대신.

　때깔 좋은 두툼한 황금색 보료가 한쪽 바닥에 깔려 있었다.

　대형 통유리 밖으로 벨비디어 섬이 훤히 눈에 들어왔다.

　샌프란시스코 부자들만 감상할 수 있다는 풍광이었다.

　소살리토에서도 부자들이 주로 거주하는 고급 주택 밀집

지역.

시대를 거꾸로 흐르는 듯한 착각이 일다가 또 지극히 현대적인 감각이 엿보이는 묘한 공간에 더 어울리지 않는 사람이 컴퓨터를 켰다.

그리고 강민에 관한 기사가 인터넷 메인 뉴스로 띄워졌다.

낡은 주판과 노트 한 권이 고급 저택과 어색한 분위기를 자아냈다.

컴퓨터 화면을 바라보던 노신사는 입가에 의미를 알 수 없는 미소를 물고 있었다.

파뿌리처럼 허옇게 센 머리카락이 꽁지머리로 질끈 묶여 낭창낭창 백구렁이처럼 등을 타고 흘렀다.

또 해변에서나 입고 다닐 법한 차림새가 우스웠다.

굵은 꽃무늬 남방에 반바지.

나이를 짐작할 수 없는 매끈한 다리는 제법 근육이 붙어 아직 짱짱해 보였다.

하지만 생전 햇볕은 안 보고 산 사람처럼 뽀얗고 맑은 종아리 피부색이 창백해 보일 지경이다.

"기특한 녀석……."

그간 공들여 키워 세상에 내보낸 제자에 관한 이런저런 기사를 훑어보았다.

처음 세상에 내보냈을 때 되지도 않게 제 구실을 못해 다시 설악산으로 끌고 들어와 재차 강도 높은 훈련을 시켰었다.

사람이란 본시 가르쳐야 제구실을 하는 법.

노신사는 강민의 이름이 떠 있는 기사들을 모조리 섭렵해 갔다.

길지 않은 시간이었지만 그동안 많이 벌어 놓은 것으로 판단되었다.

기사를 띄울 때마다 화면을 가득 채우는 제자 강민의 얼굴.

공을 후려치는 역동적인 모습이 제법 메이저리거다운 면모를 보여주고 있었다.

본의 아니게 얼굴도 보지 못하고 이 먼 땅까지 돈벌이를 보낸 격이 되었지만 노신사의 마음은 늘 한결같았다.

피붙이 하나 없이 세상에 남은 처지가 비슷해 더 큰 사랑으로(?) 품었던 강민이었다.

녀석 또한 그런 노 스승의 마음을 백분 이해하고 따라주었었다.

스승을 홀로 설악산에 남겨두고 뒤돌아보던 모습을 몰래 숨어서 보았던 때가 엊그제 같았다.

무릇 사내란 여인의 치마폭을 벗어나기가 힘든 법인데 일찍 까지는 바람에 다소 앞당겨 세상으로 내보냈지만 후회하지는 않았다.

또한 강민을 그토록 찾아 헤매던 여인이 대한민국을 대표하는 오성 그룹의 막내 여식이란 사실을 알고는 마음을 푹 놓았다.

사내로 태어나 첫 단추가 그 정도 된다면 막을 이유가 없었다.

잘 키운 제자 열자식이 안 부럽다는 말을 실감했다.

요즘 미국 야인구들 사이에서 핫이슈로 떠오르고 있는 주인공이 바로 노신사의 제자란 사실만으로도 흡족했다.

메이저리그 돌풍의 핵이 강민이었다.

마이너리그에서 고작 며칠 활동한 것이 다임에도 곧장 메이저리그로 진출해 시카고 3연전을 싹쓸이 하는 데 큰 공을 세웠다.

처음 제자를 설악산으로 데려올 때만 해도 머리에 똥이 찬 녀석처럼 아무것도 알아듣지를 못했었다.

하지만 인내를 갖고 가르쳤고 시간이 지나면서 차츰 머리가 트이기 시작했다.

이렇듯 한 분야에서 두각을 보이게 된 것도 다 오랜 시간 사랑과 정성으로 제자를 가르쳐 온 자신의 공덕임을 잘 알고 있었다.

기특하게도 스승의 노후까지 걱정해 젊어서 부지런히 벌어두려는 그 마음을 백분 이해하고 또 이해했다.

더러 근처 명산에 머무는 벗들은 어린아이를 너무 혹사

시키는 것이 아니냐는 염려도 하였지만 일심으로 제자에게
공을 들였다.

귀한 자식일수록 엄하게 키우는 것이 옛조상들부터 내려
오는 훈육법이 아니겠는가.

하나의 물리를 통하면 나머지는 자연스럽게 열리는 것이
이치였다.

돌대가리를 얹고 설악산에 입산했을 때를 기억하고 있
다.

그 대가리가 이제는 꽃을 피워 그 어느 곳에서나 역량을
다 펼쳐 보이니 그 고단했던 긴 세월에 대한 보상이 아니고
무엇이겠는가.

무려 한 경기에서 홈런 다섯 개에 3루타를 비롯해 안타
일곱 개.

그뿐인가.

도루를 열한 개, 포볼을 세 개나 뽑아냈다.

딱 한 번 아웃을 당하긴 했지만 그것도 2루수 정면까지
날아간 아쉬운 타구였다.

타율이 9할 대가 넘는 활약으로 샌프란시스코 선발진이
우승을 거두었다.

이 부분에 있어서는 인간미를 보이기 위해 제자가 쇼맨
십을 했을 가능성이 높았다.

매사 모든 순간을 면밀히 살피며 행동하라는 지침을 주

었으니 스승의 말을 하늘같이 믿고 따르던 녀석으로 볼 때 분명했다.

특히 마지막 날 경기 소식이 재미있었다.

은퇴를 당해도 그만일 크릭 헤스톤의 관한 기사가 짤막하게 덧붙여져 있었다.

과거 미친 광속구라는 별명을 얻었을 만큼 힘이 좋았던 선수가 강민과 함께 메이저리그에 올라와 완봉승의 대업을 이루었다는 기사.

노신사는 흐뭇한 표정으로 기사를 한 글자도 빠뜨리지 않고 읽어나갔다.

이 또한 제자가 마음을 써 크릭 헤스톤에게까지 스승에게 배운 자비행을 실천한 것임을 알 수 있었다.

연일 샌프란시스코 주요 신문들은 자이언츠 선수들의 행보를 낱낱이 기사화했다.

매번 대서특필로 보도했고 2년 연속 메이저리그를 재패한 홈팀 팬들은 열광했다.

내놓을 만한 선수들이 다 떠난 마당에 찾아온 행운이었다.

샌프란시스코 자이언츠 구단 측에서는 올해 시즌 우승을 기대하지도 않았다고 밝혔다.

그럼에도 불구하고 파죽의 4연승을 거둔 것이다.

그들로서는 실로 오랜만에 맛보는 연승 행진이었다.

노신사는 어깨를 쫙 폈다.

곧 제자로 인해 맛보게 될 인간계 무릉도원.

설악산에 입산하던 순간부터 백여 년에 걸친 오랜 수행을 이어오고 있었다.

세속의 모든 연을 끊고 오로지 불쌍한 제자 강민만을 위해 일심으로 기도하며 살아왔다.

하늘도 무심치 않아 이제 인간세상의 업을 정리하고 선계로 들어서려 하였건만 그도 허락하지 않았다.

아직은 제자 강민에게 노신사의 그늘이 필요하다고 하늘이 그리 말하고 있는 것이라 여겼다.

욕심은 처음부터 조금밖에(?) 없었다.

스승을 홀로 두고 떠나며 눈물을 짓던 제자의 모습이 가슴 아파 떠나기 전 얼굴이나 한 번 볼까 했었다.

하지만 타고난 업이 여러 사람을 이롭게 해야 하는 운명으로 타고 났으니 흘러가는 대로 두어야 했다.

그러다 보니 이 먼 타국까지 오게 되었다.

노신사 본인의 마음속에 맺힌 것도 풀고 제자의 마음에 맺힌 것도 풀어줘야겠다는 일념이 모험을 감행하게 한 것이다.

강민과 6년이란 시간을 산중에서 혹독한 수련을 하며 보냈지만 단 한 번도 마음을 내놓고 표현한 적은 없었다.

그 모든 것이 다 제자를 위한 노신사의 배려였다.

그렇지 않아도 약한 아이를 강하게 키워내기 위한 어쩔 수 없는 선택이었다.

그 생각을 하면 지금도 가슴이 무너지는 듯했다.

그러나 그 마음을 하늘이나 알까, 아무도 알지 못했다.

제자의 요 얼마간의 행보를 지켜보니 이제는 마음을 내려놓고 딱 100년만이라도 제자가 하자는 대로 해야겠다는 마음이 들었다.

녀석에게도 스승에게 은혜를 갚을 수 있는 기회를 주어야 남은 여생, 한을 쌓지 않고 살 수 있을 것이었다.

요즘 11연승을 달리는 라이벌 관계에 있는 다저스에는 못 미치는 실력을 보이고 있었지만 그래도 자이언츠 팬들은 행복에 겨워하고 있었다.

노신사의 마음도 마찬가지였다.

당장 눈앞에 엄청난 돈을 가져다주진 않지만 제자가 갖고 있는 통장에 차곡차곡 일당이 쌓여가는 소리가 들렸다.

매사가 이렇듯 뿌린 대로 거두는 법이거늘 어찌 기쁘지 아니하겠는가.

자이언츠 팬들만 강민으로 하여 기쁜 것이 아니었다.

내일부터 벌어지는 주말 홈 3연전 경기는 한낮 경기가 껴 있음에도 벌써 매진이 되었다.

저녁 시간 펍에서는 야구팬들이 모여 하나같이 강민에 대한 얘기를 하느라 정신을 팔았다.

즐거운 비명들을 질러대며 혜성처럼 등장한 K가 자이언 츠를 살렸다고 칭찬하기 바빴다.

자식이 잘 되면 부모의 어깨까지 훈장이 오는 법.

제자 강민이 이대로 얼마간만 활약해 준다면 주지사로 나서도 당장 당선될 판이다.

노신사는 컴퓨터 화면을 가득 채운 강민의 모습을 뚫어 져라 쳐다보았다.

녀석의 두 눈동자에 스승에 대한 그리움이 가득한 것으 로 보였다.

똑똑.

그때 문 밖에서 조용히 노크 소리가 들렸다.

노신사는 화면을 내리고 돌아앉았다.

"사백님, 자광입니다."

도호로 노신사의 호칭을 대신하는 손성한 회장이다.

"들어와라."

"네."

드르르르.

상의도 없이 사백은 저택하나를 렌트해 놓으라고 손성한 에게 명령 아닌 명령을 내렸었다.

급하게 구한 만큼 뒷말을 듣지 않을까 걱정이 많았지만 다행히 마음에 드는 듯했다.

거의 소리가 나지 않을 정도로 부드럽게 문이 열렸다.

6개월 사용에 무려 100만 달러의 비용이 지불되는 저택.

혼자 쓰시는 데 이렇게 큰 저택이 무슨 필요가 있을까 싶었지만 말꼬리를 잡을 수는 없었다.

대지가 무려 5천 평에 건평만도 1천 평에 이르는 대저택이다.

주변에 듬성듬성 자리를 잡은 그야말로 미국의 갑부들 저택에도 결코 뒤지지 않을 퀄리티를 보였다.

"차를 가져왔습니다."

덩치는 웬만한 부자들의 집 버금갔지만 사백의 시중을 들 도우미나 그밖의 인력은 없었다.

기어코 손성한의 손이 낫다고 고집을 피운 것이다.

아직도 스승 살아생전 뭘 해도 사백보다 못하던 손성한의 이미지를 오랜 세월 그대로 갖고 오고 있는 사백이었다.

미국에서도 굴지의 기업을 운영하는 헤드임을 인정하지 않았다.

시간이 곧바로 돈이 되는 사람이 손성한이었다.

그런 고인력의 인물을 곁에 두고 잔심부름이나 부리고 있었다.

손성한은 깨끗한 순백자기에 차를 우려 왔다.

하는 일이나 몸은 미국에서 자리를 잡고 있었지만 다른 건 몰라도 차 하나만은 지리산에서 직접 입수한 야생차를 마셨다.

어린 새잎만을 따 볶음을 한 야생차.

해마다 귀한 차를 수급해 정성스럽게 우려 마시는 손성한.

바닥에 깔려 있는 보료를 조심스럽게 돌아 통유리 앞쪽에 놓여 있는 작은 티 테이블 위에 쟁반을 내려놓았다.

그 모습이 마치 첫날밤을 보낸 새색시의 몸짓처럼 순하고 조심스러웠다.

딸그락 소리도 들리지 않게 다기를 만졌다.

찻잔을 내려놓고 조용히 차를 채웠다.

또로록.

순백자기가 연한 찻물에 물이 들듯 마침 향도 좋고 보기도 곱게 우러났다.

특히 오늘은 최상품 우전차를 준비했다.

뭐든 까다롭기가 따라갈 자가 없을 만큼 예민한 사백을 위해 대접하는 차.

그 색이 청아하여 백자와 잘 어울렸다.

대한민국에서도 손에 꼽는 차 명인.

그가 지리산에서 직접 따서 열두 번의 손질을 해 보내온 차로 가격만도 상당히 나갔다.

"어제 먹다 남은 것 없냐?"

인상부터 잔뜩 찌푸리며 불만스러운 표정을 짓는 사백.

손성한은 일순간 할 말이 없었다.

"왜 대답이 없어?"

"네?"

"무슨 생각을 하는 게야? 왜 그렇게 놀라? 세상에 나왔으
니 세상 법에 맞춰 살아야지."

"……."

도대체 무슨 말인지를 몰라 어안이 벙벙한 손성한은 사
백의 뻥긋거리는 입술만 쳐다보았다.

"우리 같은 늙은이들도 먹고 살아야지 않겠느냐. 괜히 아
끼다 똥 되고 못 써보고 죽으면 죽어서도 생각나는 법이니
라."

"…네."

"해탈이 달리 해탈인 줄 아느냐. 열반을 위해 살아서 모
든 걸 다 양껏 누려보고 즐겨 봐야 그 여한이 없는 법이야."

사백의 입을 통해서 흘러나오는 도론(道論).

한창 때도 사백이 한 번 입을 열면 그 어느 누구도 도론
(道論)에서만큼은 사백을 앞선 이가 없을 정도였다.

하물며 입적하신 스승마저도 인정해 마지않았던 사백의
도론(道論)이었다.

이럴 때는 함구함이 실로 명줄을 지키는 것이었다.

대꾸나 질문 따위는 아예 생각지도 않았다.

손성한은 조금 더 고개를 숙여 사백의 두 눈을 피했다.

스승님의 입적 후부터 시간을 따져도 꽤 많은 세월이 흘

렀다.

그 긴 시간 설악산에서 수련을 지속해 온 사백.

개인적으로는 스승님을 연으로 해 사백이라 부르고 있었지만 이 세계에서 몇 안 되는 도사임은 분명했다.

"가르침 감사히 수하겠사옵니다."

연신 고개를 주억거리는 손성한.

모르는 사람이 보면 노신사의 심부름이나 하는 이로 보기 딱 좋았다.

"그래서… 있어, 없어?"

"나, 남았사옵니다."

손성한은 사백의 다그침에 정신이 혼미해지는 듯했다.

"그럼 가져와."

"알겠사옵니다."

어찌 손성한이라고 해서 불끈 치밀어 오르는 게 없겠는가.

하지만 자칫 팔다리는 고사하고 명줄이 오갈 수도 있는 터라 조심 또 조심했다.

대기업을 꾸리는 수장으로서 갖춰야 할 면면을 고루 갖추고 기업인들 사이에서는 남다른 포스를 보이는 손성한이었다.

그런 그가 사백 앞에만 서면 뭐 마려운 강아지꼴이 되었다.

스승이 남긴 유언.

귀에 못이 박히도록 들었던 말을 결코 잊지 않았다.

사백의 말에 토를 달지 말라.

'어제 그렇게 드시고… 또 드시고 싶으실까…… . 우엑.'

사백이 미국 땅을 밟은 순간부터 손성한은 자유롭지 못했다.

지난 며칠 동안 사백의 입맛을 고려해 차이나타운의 쓸만한 요리점은 다 돌았다.

먹을 만한 메뉴는 다 필요 없었다.

기껏 찾아내도 손사래를 치며 물렀다.

수많은 메뉴들을 다 대령했지만 다른 메뉴는 쳐다보지도 않았다.

개고생을 다 하고 난 뒤 달랑 요구한 메뉴가 싸구려 아과두주에 탕수육이었다.

처음부터 말씀을 해주었으면 좋았을 테지만 사백은 그렇게 하지 않았다.

샌프란시스코에는 화교들도 많이 살고 있지만 한국인들의 수도 만만치 않게 많다.

그러다 보니 아무리 차이나타운이라 해도 한국식 탕수육을 대부분 요리점에서 취급했다.

사백은 입에 맞는 탕수육이 없다며 들어가는 요리점마다 인상을 찌푸렸다.

사실 낯이 뜨겁고 얼굴을 들 수 없었다.

요리점 주인이나 직원들은 아랑곳하지 않고 사백 하고 싶은 말만 하고 뒤돌아섰다.

매번 퇴짜를 놓고 돌아설 때마다 혼자 중얼거렸다.

그 녀석 맛을 아무도 따라오지 못한다는 말이었다.

사실 말은 그렇게 하면서도 간간이 요리를 깔끔하게 다 비운 곳도 많았다.

보통 한 번 젓가락을 들면 대자 탕수육 서너 접시는 비워야 자리에서 일어났다.

그뿐만 아니었다.

이과두주는 병으로 취급하지도 않았다.

넓적한 대접에 몇 병을 한꺼번에 따라 벌컥벌컥 마셔 없앴다.

그야말로 여러모로 수행이 부족한 손성한은 흉내도 낼 수 없는 경지였다.

무려 50도가 넘는 독주를 대접째 마신다는 것.

그것도 몇 사발씩을 앉은 자리에서 비워내는 것을 보면 쳐다보는 것만으로도 식도와 위장이 다 타들어가는 듯했다.

"저… 사백님."

"왜 그러느냐?"

"그런데… 방금 보시던 건… 아시는 청년입니까?"

사백의 컴퓨터 다루는 능력도 꽤 능수능란했다.

설악산 깊은 골에 박혀 천지간의 도만을 수련한 줄 알았는데 세계 변화를 한눈에 볼 수 있는 네트워크에도 강했다.

최신형 스마트 폰을 사용하는 것도 놀랐지만 앱을 이용해 수시로 전 세계 돌아가는 판을 접하는 모습이 요즘 청소년들 못지않게 수준급이었다.

인터넷도 사용할 줄 알고 스마트 폰도 손성한 자신보다 잘 사용하는 사백은 극구 주판을 구해오라고 했다.

요즘 세상에 그것도 여긴 미국이었다.

어떻게 주판을 구하겠는가.

더구나 가장 최근 사용했던 것도 아니고 과거 일제시대 때 모델을 찾아오라고 했다.

부랴부랴 부하 직원들을 시켜 차이나타운 만물상을 다 뒤졌다.

어떻게든 명령만 하면 다 해결되는 것을 알고 있는 사백.

낡은 주판을 옆에 끼고 매일 아침마다 수많은 숫자들을 조합해 뭔가를 계산을 했다.

"흐흐, 알 것 없다."

"네……."

뭔가 불길한 기운이 사백의 얼굴에서 비쳤다.

스승 살아생전 사백의 사주를 보며 했던 말이 떠올랐다.

타고난 가택 궁에 속을 알 수 없는 음이 태어난 자리와 합을 이뤄 결코 속내를 드러내지 않는다 했다.

요즘 들어 세상을 떠나신 스승의 말씀들이 자주 생각나는 손성한.

느껴지는 불길한 기운이 다만 성숙되지 못한 자신의 수행 능력에서 나타나는 기우이길 바랄 뿐이었다.

"그건 그렇고… 너에게 여식이 하나 있지 않았느냐?"

사백은 뜬금없이 지금 경기에 출전하고 여기 없는 딸에 관해 물었다.

"네, 그렇사옵니다. 지금은 중요한 경기로 이곳에 없어 인사 여쭙지 못하였사옵니다."

"흠… 그랬구나."

"오늘 마침 경기가 끝난다 하오니 곧장 이곳으로 오라 하였사옵니다."

"방년 나이가……."

"올해 딱 스물이옵니다."

예전 같지 않게 딸 단비에 관해 묻는 사백의 눈빛이 영 반갑지 않았다.

"좋은 나이로구나."

사백이 물어 대답은 하고 있었지만 영 마음이 놓이질 않았다.

갑자기 묻는 것도 그렇고 짐작하기 어려운 사백의 말도 그랬다.

진정 단비의 안부나 그밖의 것들 때문에 관심을 보이는 눈치가 아니었다.

뭔가 목적이 있는 눈빛.

사백과의 인연이 여태까지 이어져 오면서 몇 번 봐왔던 눈빛이다.

사백의 저런 눈빛을 보고 난 후면 여지없이 생각지 못했던 일들이 터지곤 했었다.

아무리 도력이 낮다 해도 그 물에서 얼마간 몸담고 살았던 손성한.

도로 도를 통하지는 못하였지만 사업의 도는 많이 깨우친 사람이었다.

"중매 하나 설까 한다. 네 뜻은 어떠냐?"

"네? 주, 중매요!"

단단한 몽둥이로 목덜미를 얻어맞은 듯했다.

뒷머리가 터져 나가는 것 같이 눈앞이 멍했다.

"왜 그리 놀라느냐? 딸년 나이 스물이면 과년한 처녀가 아니더냐."

"……"

손성한은 고개를 떨구었다.

달리 제대로 대꾸할 말을 찾지 못했다.

"도량을 떠나 산다고 이치도 잊고 사는 것이냐?"

"아니옵니다."

"하늘의 이치에 칠성법칙이 엄연한 것을… 여인은 스물하나가 넘기 전에 잉태를 해야 총명한 기운을 품은 아이를 얻는 것이다."

"……."

꿀꺽.

손성한도 알고 있었다.

하지만 이곳은 도사들의 도량이 아닌 보통 사람들의 삶의 터였다.

그 어떤 대답도 못한 채 마른침을 삼킬 수밖에 없는 손성한.

피가 거꾸로 솟는 듯 어지러웠다.

사백이 말을 저렇듯 뱉었다는 것은 이미 계획된 바가 있다는 의미였다.

도로 주워 담을 양반이 아니라는 말이다.

손성한 자신의 딸에 관련한 일임에도 권한이 자신도 모르게 사백에게 넘어가 있는 것이나 진배없었다.

둘도 아닌 외동딸이다.

눈에 넣어도 아프지 않을 만큼 귀하고 강하게 키웠다.

어렸을 때부터 고국에 대한 감사함을 심어주기 위해 홀로 한국 유학길에 보냈을 만큼 아픔도 많이 준 아이였다.

불과 몇 년 전 국가대표 이름표를 달고서야 다시 품에 돌아왔다.

아버지인 손성한도 딸의 얼굴을 보기 힘들었다.

고작 시간이 날 때 텔레비전을 통해 스포츠 관련 중계방송을 통해서나 마음 놓고 볼 수 있었다.

최근 들어서는 경기와 연습 때문에 같은 미국 하늘 아래서도 한 달에 한두 번 볼까 말까한 녀석이다.

스무 살이라고는 해도 품에 끼고 산 세월은 손가락에 꼽았다.

사백은 손성한과의 인연으로 맺어진 관계였다.

말도 안 통하는 사백을 단비에게까지 인연이 닿게 하고 싶지 않았다.

사백이 중매를 선다는 것은 가당치도 않는 일이다.

결단코 그렇게 돼서는 안 될 일.

"사, 사백님."

"뭐 할 말이 있는 게냐?"

"사백님, 노여워하지 마시고 들어주십시오. 혼인이란 것은 본디 인륜지대사가 아니옵니까."

"그래서?"

"당사자들의 의사 없이는 아무리 부모라 해도 발언권이 거의 없는 세상이옵니다."

"알고 있다. 내가 그렇게 꽉 막힌 도사더냐."

'휴우~'

손성한은 남몰래 한숨을 내쉬었다.

생각보다 부드럽게 반응이 나오는 것에 안도의 한숨이 절로 나온 것이다.

사백이 고집을 부리게 되면 답이 없었다.

어떤 문제를 막론하고 가장 중요한 결단을 내려야 하는 상황과 맞닥뜨리게 돼 있었다.

"여식이 오거든 언질을 넣어 보거라. 한 번 만남을 주선해 보고 난 후 그때도 싫다고 하면 다시 청하지 않으마."

믿는 구석이 있는 듯 쿨하게 나오는 사백.

한 번 만나보는 것까지는 사백님에 대한 예의로서도 충분히 따를 수 있는 일이었다.

"예, 사백님. 알겠사옵니다."

처음보다 한결 가벼워진 손성한의 목소리.

무겁게 내려앉았던 어깨가 좀 가벼워지는 듯했다.

이 정도라면 더 토를 달아 좋을 게 없다는 것을 잘 알고 있었다.

"그리고 오늘은 그만 가도 된다. 사업이 바쁠 텐데 늙은 이 신경 쓰지 말거라."

이 또한 반가운 소리였다.

해는 분명 동쪽에서 떴건만 사백의 오늘 반응은 오전 시간이 지나면서 한결 부드러워졌다.

"사백님, 그러시다면 시중을 들 만한 사람들을 들여놓겠사옵니다."

그렇지 않아도 그간 미뤄놓은 일 때문에 오늘은 무슨 일이 있어도 움직여야 했다.

미리 알기라도 한 듯 가보라 하니 노예 생활을 하다 풀려나는 듯 마음이 가벼웠다.

하루가 멀다 하고 격변하는 아이티업계.

사업채를 꾸려오면서 이렇게 장기가 자리를 비운 적은 없었다.

"됐다. 곧 시중들 녀석이 올 것이니 걱정하지 않아도 된다."

"네?"

"네 여식 데리고 수일 안에 한 번 오거라."

"……."

"왜 대답이 없느냐."

"명심하겠사옵니다."

'누가 있다고 하시더니… 사실이셨나……'

입만 열만 반절 이상은 뻥에 덧붙여진 과장된 말이 대부분이 사백의 언행.

심지어 대한민국에서도 주민등록증이 없어 새로 발급을 받았던 사백이었다.

여권을 발급 받을 때도 복잡했다.

손성한 주변의 인맥과 보증을 통해 겨우 미국에 들어올 수 있었다.

아무리 무비자라지만 과거 행적이 워낙 선명하지 못해 출입국관리국에서 퇴짜를 맞을 뻔했다.

살짝 난감해 하던 손성한에게 은근한 눈빛으로 샌프란시스코에 인연이 있다는 말을 했다.

그 말을 믿지는 않았지만 오죽 미국 땅을 밟고 싶으면 그런 없는 얘기를 만들어서 할까 싶어 측은하기도 했다.

아무리 인연이 있다 해도 모두 과거에 알던 사람들이 대부분일 사백.

저승 문턱을 넘었어도 수십 년 전에 넘었을 이들이었다.

궁금한 것 한두 가지가 아니었지만 늘 그랬듯이 토를 달지 않았다.

다른 건 몰라도 머릿속에 죽어서도 지워지지 않을 스승의 유언이 각인돼 있기 때문이었다.

그저 사백 앞에서 할 수 있는 손성한의 일은 절대 대답을 끊어 먹지 않는 것.

그리고 사백이 말한 것은 즉각 행동으로 옮기는 일뿐이었다.

"하아… 역시 집이 좋아."

원정 경기를 마치고 집에 돌아왔다.

하루를 푹 쉬고 눈을 떴을 때 느껴지는 편안함.

역시 뭐니 뭐니 해도 편안하게 쉴 수 있는 곳은 세상천지

내 집만 한 곳이 없었다.

지금 시각은 오후 3시를 찍고 있었다.

아침 일찍 일어나 조깅 코스를 두 시간 가량 돌다 들어왔다.

해변가를 끼고 잘 닦여진 조깅 코스를 돌다보면 없었던 여유가 절로 생겼다.

샤워를 마치고 나왔을 때 유기농 바나나와 딸기가 테이블에 준비돼 있었다.

집안일을 돕기 위해 나온 도우미분이 가져다 놓은 것이었다.

간단하게 과일로 아침을 대신하고 컴퓨터 앞에 앉아 여유 있는 시간을 보냈다.

생각보다 집에서 보내는 시간은 빠르게 흘러갔다.

"컵스는 난리가 났군."

인터넷 뷰어를 띄우자마자 스포츠란에 눈에 띄는 기사가 있었다.

분노한 컵스 팬.

메이저리그 소식란에 떡하니 기사가 올라와 있었다.

완벽하게 시카고 컵스를 발라 버리고 왔다.

내셔널리그 중부 팀 중 꼴찌였지만 자이언츠 전력으로는 버거웠던 상대였다.

선발 투수로 나서는 대신 주전 우익수와 1번 타자로 경기를 뛰었다.

모든 경기 흐름이 나로 인해 잘 풀렸다고는 말하고 싶지 않다.

샌프란시스코 자이언츠 팀 동료들과 함께 시카고 컵스 팀에 좌절을 맛보여준 것만은 사실이다.

또 시카고 경기에서 크릭 헤스톤을 다시 보게 돼 기분이 좋았다.

얼마 되지 않았던 짧은 마이너리그에서의 활동이었지만 그 인연 또한 가볍지 않았다.

마음이 부드럽고 겸손한 데다 실력도 웬만큼 갖추고 있던 크릭 헤스톤과 잭 윌리엄.

그들과 함께 마이너리그가 아닌 메이저리그에서 한솥밥을 먹는 게 믿어지지 않았다.

오랫동안 선수 생활을 해온 사람들이 흔히 말하는 동료애.

말로만 듣던 그 감정을 내가 직접 겪는 순간이기도 했다.

자이언츠의 다른 동료 선수들보다 더 정이 갔다.

불과 얼마 되지 않는 시간 동안 나를 인정해 주고 받아들여 준 사람들이었다.

내가 홈런을 때리고 덕아웃으로 들어올 때면 아예 자리에서 방방 뛰며 기뻐했다.

특히 성격이 화끈하기로 유명한 남미 선수들의 반응은

거의 축제 분위기를 방불케 했다.

나의 유창한 스페인어 구사에 그들은 팍팍 쓰러졌다.

낯선 곳에서 말이 통한다는 것만 위안이 되는 일도 드물었다.

몸으로 부딪히고 겪어내야 하는 스포츠 선수들은 더했다.

같은 동네에서 놀다 함께 메이저리그에 진출한 듯 장난을 치고 어깨를 부딪쳐가며 파이팅을 다졌다.

덕아웃의 분위기는 서서히 살아났다.

연이은 패배에 어깨가 쳐졌던 동료들의 손에서 방망이가 살아나기 시작했다.

실력이 말도 안 되게 뒤처지는 선수들은 없었다.

웬만한 선수들 모두가 마이너리그의 눈물 젖은 빵맛을 보고 올라온 이들이었다.

후속 타자가 뒤를 받쳐줄 가능성이 높지 않았다.

때문에 타석에 선 선수들의 어깨에 힘이 들어갔고 타점을 뺏기 위해 장타를 노릴 수밖에 없었다.

그렇게 되다 보니 타율은 엉망이 되었다.

하지만 어느 순간부터 동료들을 믿게 되면서 팀플레이가 살아났다.

하면 된다는 의식이 서로에게 전이되면서 유대감이 팀 분위기를 극대화시켰다.

덕아웃 분위기도 덩달아 생기를 찾았다.

연속 패배를 맛본 팀에서 흔히 보이는 우울함과 칙칙한 비장함 같은 것들은 사라졌다.

마이너리그에서 올라와 처음 마주했던 자이언츠의 모습.

그때만 해도 진하게 맡아졌던 비릿한 패배감을 지금도 잊을 수 없다.

단 며칠이 지났을 뿐이었다.

언제 그런 것들이 샌프란시스코 자이언츠 팀에 젖어 있었나 싶을 정도로 분위기는 바뀌었다.

"서로 밥을 사겠다고 난리라니……. 후후."

첫 경기 때 내 덕분에 피 홈런 하나를 삭제한 뱃 케인.

잭 윌리엄에 이어 두 번째로 진득한 내 팬이 됐다.

그날 저녁 예린이와 혁찬의 출현만 아니었어도 성대한 파티가 열렸을 것이다.

자처해 파티를 열어주겠다고 했던 뱃 케인이었다.

그 뒤부터 다른 동료 선수들도 본격적으로 나에게 호의를 보이기 시작했다.

굳이 나와 거리를 둘 필요까지는 없다고 생각한 듯했다.

또한 친분을 쌓아 나쁠 게 없다는 사실을 깨달은 것이다.

많은 사람을 상대하는 자리는 아니었지만 개성이 뚜렷하고 자신들의 의지가 분명한 이들이 모인 곳.

잭 윌리엄과 나를 관찰하던 동료들은 마이너리그에서 뛰

던 잭이 나로 인해 콜업된 것으로 짐작한 듯했다.

내 덕에 잭 윌리엄이 빛을 보게 된 것이라고 해석한 것이다.

게다가 크릭 헤스톤까지 합류하자 그들의 생각은 사실처럼 받아들여졌다.

대놓고 크릭 헤스톤이 나에게 고맙다는 인사를 해온 것이 그들이 짐작하고 있던 일들에 확신을 준 것이다.

구단의 프랜차이즈 스타가 아니면 메이저리그까지 끌어줄 누군가를 만난다는 게 어려운 마이너리그 선수들이다.

며칠 간격으로 두 명이나 되는 마이너리그 선수들이 메이저리그를 밟았다.

그게 나로 인해 연결된 것을 알고 선수들은 보험을 들려고 했다.

물론 아예 드러내놓고 그런 얘기를 한 것은 아니었지만 서로가 잘 아는 일.

"크릭도 자리를 잡았고… 이제 남은 건… 다저스."

당장 내일부터 LA 다저스와 주말을 끼고 3연전이 있다.

샌프란시스코 자이언츠 팀에 있어서 가장 중요한 분수령이 될 것이다.

감독진은 물론이고 구단 수뇌부 쪽 표정은 고민이 많았다.

시카고 컵스에 이어 LA 다저스까지 연승을 이어간다면

꼴찌 탈출이었다.

소문에 벌써 3연전 표가 모두 매진된 상태라고 했다.

자이언츠 팬들은 응원에 독이 오를 대로 올라 있었다.

띠리리 띠리리리.

"칼같이 정확하군."

흐뭇하게 경기에 관련한 기사들을 훑고 있을 때 조용히 벨이 울렸다.

샌프란시스코에 돌아오면 연락하자고 했던 화령과의 약속.

어제 저녁에 이미 전화로 데이트 약속을 확인시켰던 화령이 다시 전화를 걸어왔다.

나의 샌프란시스코 도착시간을 나보다 먼저 알고 있었다.

북경루 왕 사장과의 인연을 봐서라도 한 번쯤은 만나 밥이라도 대접해야 할 사람이었다.

화교인데다 샌프란시스코 명물인 차이나타운에 관해서는 나보다 더 잘 알고 있을 것이다.

화령을 믿고 약속 장소를 차이나타운으로 정하는 것을 거절하지 않았다.

띠릭.

"일어났어?"

"그럼~ 지금 몇 시인데?"

"피곤하지 않아?"

"아니, 괜찮아. 이 정도야 뭐."

"호호, 어떻게 할까? 주소를 알려주면 데리러 갈 수도 있어."

전화기 너머로 들려오는 화령의 목소리는 기분이 좋았다.

'결승 컷오프 탈락한 사람 맞아?'

시카고 컵스와 경기가 있던 날 화령도 골프 대회에 출전했던 것으로 알고 있다.

결승에서 탈락한 사람이 맞나 하는 생각이 들 정도로 유쾌한 목소리였다.

시카고 컵스와 경기를 끝내고 투숙 호텔로 돌아와 노트북을 켰다.

이슈가 될 만한 뉴스들을 검색하는데 떡하니 펼쳐진 뷰어.

왕화령과 아만다 사진이었다.

두 사람은 경기 도중 작은 다툼이 있었던 것으로 알려졌다.

주최 측의 경고를 받아 제대로 된 라운딩도 하지 못한 채 컷오프 탈락을 받았다고 했다.

반면 첫날 대회에서 신기록을 세운 손단비는 기복이 심하게 경기를 펼쳤다.

다행히 첫날 벌어 놓은 언더파와 노련한 경기력으로 공동 선두에 올랐다.

그리고 오늘 골프 간판스타인 청야와 우승을 놓고 마지막 라운딩을 펼친다는 것이다.

마음 같아서는 단비가 라운딩을 하고 있는 대회 참관을 하고 싶었다.

잘 한 것도 없지만 잘못한 것도 없었다.

하지만 그녀에게 뭔가 모르게 용서를 구해야 할 것 같은 마음이 순간순간 나를 괴롭히고 있었다.

나라는 사람으로 인해 심신이 많이 지쳤을 것이다.

한국 고등학교 재학 시절 처음 봤던 그녀의 모습을 지금도 잊을 수 없다.

유일하게 나에게 마음을 열었던 손단비.

그랬던 그녀에게 나는 어떤 변명도 할 수 없는 사람이 돼 있었다.

생각하면 할수록 마음이 불편하고 좋지 않았다.

단비와 나의 인연이 여기서 끝나는 것이라 해도 나로 인해 생겼을 오해는 풀어주고 싶었다.

그게 내가 그녀에게 할 수 있는 마지막 배려처럼 생각되었다.

"2시간 후에 차이나타운 입구에서 보자."

"알았어~ 가장 눈에 띄는 사람을 찾아~ 호호, 바로 알아보게 될 거야."

화령도 여느 여성들과 크게 다르지 않았다.

워낙 예린이가 옆에서 자주 했던 소리들이라 크게 동요하지는 않았지만 그녀의 심리를 약간은 짐작할 수 있었다.

대놓고 예쁘게 치장하고 나온다는 말은 안 했지만 화령이 나에게 하고 싶은 말은 가장 예쁜 사람을 찾으란 말 같았다.

"친구들도 함께 걸 거야."

이럴 땐 찬물을 끼얹어 정신을 차리게 해주는 게 가장 좋았다.

"응? 누, 누구?"

"한국에서 친구들이 왔어. 너도 아는 얼굴이야."

"……."

화령은 아무 말이 없었다.

"듣고 있는 거야?"

"응? 응. 친구… 라면 설마 유……."

화령과 예린은 강남 북경루에서 마주친 적이 있었다.

그때도 두 사람 사이에 서 있기가 몹시 불편했었던 기억이 있다.

3년이란 시간이 지난 지금도 분위기가 그럴 거란 생각은 아예 하고 싶지 않았다.

"맞아, 유예린."

여자들의 예감은 무섭게 작용했다.

"헉!"

생각했던 것보다 더 놀라는 왕화령.

"혁찬이라는 친구도 함께 갈 거야."

"혁찬? 혹시 네 친구였던 그 축구 선수?"

"그래."

"영국 프리미어 리그 노리치에서 뛰고 있는 공격형 미드필더? 그 사람?"

화령의 목소리가 또 달라졌다.

살짝 톤이 올라가며 흥분했다.

"어? 너도 혁찬이를 알아?"

"물론이야, 물론이지~ 나 팬이야. 그의 팬이라고~"

"……."

"사실… 야구보다 축구를 더 좋아해."

의외의 말이 화령의 입에서 터져 나왔다.

방금 전 예린이의 이름을 내뱉을 때 느껴졌던 당황스러움은 온데간데없었다.

혁찬의 이름에 더 큰 반응을 보이고 있었다.

"그럼 같이 만나도 문제없겠네."

"…알았어. 친구들이 응원을 하러 왔다는데… 할 수 없지."

"고맙다. 대신 밥은 내가 살게."

시간이 많지 않았다.

예린과 혁찬도 문제였지만 화령도 문제였다.

머릿속은 다른 일들로 복잡했고 그들 모두가 나의 문제를 대신 해결해 줄 수도 없었다.

분산시킬 에너지가 따로 있지 않았다.

여럿이 함께 본다면 차라리 나을 것이다.

"됐어. 우리 가문 자체가 방문한 이들을 후하게 대접하는 게 전통이야. 여기 샌프란시스코는 너보다 내가 먼저 온 곳이야."

"그래~ 그럼 너 알아서 해."

"고마워~."

전화기 너머의 화령의 표정이 짐작되었다.

먹구름 잔뜩 끼었던 하늘이 순식간에 맑게 개는 듯했다.

"고맙긴. 그렇지 않아도 친구들을 어딘가 데리고 가야 하는데… 구경할 곳이 있어 잘됐다."

"호호, 그럼 민이 나에게 고마워해야 하는 거야?"

여유까지 느껴지는 화령의 대답.

"왕 사장님께 입은 은혜가 많아. 너에게 갚아줄게."

"피이, 뭐야. 그건 아빠 거고~"

또래인 데다 한국말이 통해서인지 아만다와 얘기를 할 때 느꼈던 불편함이 전혀 느껴지지 않았다.

더욱이 북경루 왕 사장은 설악산에서 세상물정 모르고

살 때 많은 도움을 주신 분.

살 터전을 마련해 주었다고 해도 과언이 아니다.

그 일 한 가지만 보더라도 내가 화령에게 친절해야 할 이유는 충분했다.

사람으로서 당연한 도리였다.

몇 명 되지 않은 친구 중에 한 사람.

"그럼 잠시 후에 보자."

"응~ 기다릴게."

띠릭.

생각보다 통화가 길어졌다.

"민아~ 들어가도 돼?"

"응."

"으갸갸갸갸! 잘 잤다!"

예린과 혁찬이었다.

이미 제시카로부터 완벽한 거주권을 인계받은 상태였다.

물론 명의는 제시카 회사 측에서 갖고 있었지만 거주하고 있는 실제 주인은 나였다.

시카고에서 예린과 혁찬을 데리고 돌아왔다.

3일 내내 시카고 홈팬들을 열 받게 했던 일등공신들.

같은 항공편을 이용하지는 못했지만 비슷한 시간에 공항에 도착했다.

굳이 다른 숙소를 잡겠다는 혁찬과 달리 예린은 나의 저택으로 오겠다고 했다.

한국에 있을 때 한집에 있어 봤던 기억도 있고 해서 혁찬을 설득해 데려왔다.

예린이에게 한국 고등학교 시절부터 관심이 있었던 혁찬의 그 마음은 여전한 듯했다.

한국에 있을 때 잠깐 예린이네 집 신세를 졌다는 소리를 듣고 살짝 서운한 빛을 비쳤다.

물론 예린이는 전혀 신경도 쓰지 않았지만 말이다.

이곳 역시 잠시 머물다 갈 곳이었지만 있는 동안에는 충분히 내 집 못지않게 사용할 수 있었다.

설악산 스승이 머물고 있는 하계신선루만 아니면 되었다.

더욱이 이곳은 나만을 위해 마련해 준 공간이었다.

고국에서 뜻하지 않게 나를 응원하기 위해 찾아와 준 친구들을 데리고 올 수 있는 내 집이 있다는 게 뿌듯했다.

"으으… 며칠 계속해서 연속 게임을 뛴 것보다 더 힘들다……."

문을 열고 들어서는 폐인 친구 예린과 혁찬.

뽀얗고 눈부셨던 예린의 피부는 그새 연한 땅콩크림을 바른 듯 번들거렸다.

혁찬 역시 피로가 덜 풀린 듯 피곤한 기색이 역력했다.

"넌 그 체력으로 축구는 어떻게 하는 거야?"

꼬투리만 잡으려고 눈을 부릅뜨고 있는 듯한 예린이 혁찬에게 면박을 주었다.

"너한테는 내가 졌다! 인정, 인정."

헝클어진 머리를 열손가락을 이용해 벅벅 긁으며 예린에게 대충 대꾸하는 혁찬.

눈가에 아직도 피곤이 덕지덕지 붙어 다크서클이 턱까지 흘러내리고 있었다.

반면 예린이는 말짱했다.

피부가 좀 그을린 것만 빼고는 차라리 더 건강해 보였다.

본격적인 여름에 접어드는 한국과 달리 이제 딱 5월의 봄날 같은 날씨를 보이는 샌프란시스코.

아침저녁 최저 기온이 15도 정도에 낮 최고 기온이라고 해봐야 23도 내외였다.

"민아, 침대가 내방 것보다 더 편한 거 있지?"

어제 새벽 늦게까지 이야기들을 나누다 잠들었다.

"나 여기서 방학 끝날 때까지 있다 갈까 봐~"

시카고에서 잠깐 만나긴 했지만 밥만 먹고 경기 때문에 일찍 헤어져야 했던 예린이와 혁찬.

'이건 또 무슨 소리야……'

대책이 없는 건 예나 지금이나 전혀 달라지지 않은 예린이.

다음 날도 감독과 동료들이 차례로 한턱씩 쏘는 바람에

다시 만나지는 못했었다.

오랜만에 만나 회포를 푸느라 셋이 함께 2층 방을 사용했다.

각자 마음에 드는 방들을 골라 편하게 쉬도록 한 것이다.

총 다섯 개의 방이 있었지만 각각 어떤 구조로 되어 있는지 나도 몰랐다.

다만 각 방마다 독립된 욕실과 침실이 딸려 있는 약 15평 정도의 공간이 마련돼 있다는 것은 알았다.

"무, 무슨 소리냐?"

혁찬의 반응이 가장 빨랐다.

어제는 묻지도 못하고 살짝 얼굴이 어두워지는 것으로 끝났지만 오늘까지 예린이 생각 없이 말하자 바로 반응이 왔다.

"남녀가 유별한 거 몰라? 어떻게 한집에서 지내? 말도 안 돼!"

멍하니 피곤에 절어 있던 혁찬의 두 눈이 말짱하게 살아났다.

"남이사! 니가 무슨 상관이야!"

"유예린! 너 그러다 혼삿길 망쳐!"

"됐거든~ 막히면 뭐. 민이가 책임져 줄 거야~ 그치 민아~"

큰 눈을 깜빡깜빡하며 애교질을 부리는 예린이.

"뭐, 한 30년 뒤까지도 싱글로 있다면… 그때 생각해 볼
게."

"히잉! 너무해!"

"하하! 난 1년 뒤, 아니 다음 달이라도 괜찮다!"

재빨리 혁찬이 끼어들며 농담처럼 진담을 내뱉었다.

"됐거든! 그럴 바에야 차라리 혼자 살고 말지."

'이것들을 누가 말려…….'

친구라는 이름이 좋은 것은 이런 모습들 때문일 것이다.

어떤 말들이 오가도 서로에게 상처가 되기 전 위안이 된
다는 것.

굳이 솔직한 감정을 표현하지 않아도 서로가 각자 다 알
고 있다는 사실만으로도 위로를 얻게 되는 것 말이다.

나의 유일한 학창시절의 친구들이었다.

딱 3개월이란 시간이 나에게 선물한 인연들.

죽는 순간까지 가져갈 수 있는 이들이라면 하고 속으로
바랬다.

친구.

그 이름이 주는 따듯함이 나의 가슴을 파고들었다.

"나갈 준비해."

"어? 어디를?"

"어디 가는 거야? 데이트? 데이트 하는 거야?"

기대에 찬 얼굴을 나의 눈앞에 들이미는 예린.

나는 주춤 뒤로 살짝 물러섰다.

"친구가 밥을 산대."

"어? 친구?"

"우리도 아는 친구야?"

한국 고등학교 재학시절 동급생이었던 애들 대부분이 유학을 선택했을 것이다.

내로라하는 집안의 자재들이 대부분이었으니 예린이의 질문도 어쩌면 당연했다.

고작 한국 고등학교 1학년을 3개월 다닌 게 다인 나.

친구라고 해봐야 예린이를 비롯해 몇 명.

"왕화령이라고. 한국에 있을 때 근무했던 북경루 사장님 딸이야."

"왕화령?"

"골프를 하는데… 차이나타운을 가이드하겠대."

"호호, 당연히 알지. 그때 내가 따끔하게 주의를 줬는데… 아직 잊어버리지 않았으면 좋겠네."

'…허얼. 주의?

역시 예린이 반응도 만만치 않았다.

내가 모르는 둘만의 비밀이 있는 모양이었다.

이럴 때 보면 나도 모르게 화령을 제압하려 했던 용의주도한 예린이가 어이없었다.

"오! 나 알아! 화교계의 청야를 제치고 새롭게 떠오르는 골프 스타잖아. 엄청 미인이야~"

"잘 아네?"

"호호, 내가 너한테는 미안하지만… 요즘 야구보다는 골프를 좋아해."

'같은 소리를 하네.'

조금 전 왕화령과 통화할 때 그녀가 한 말과 똑같은 말이 혁찬의 입에서도 흘러나왔다.

"뭐야? 장혁찬. 그 애가 나보다 더 예쁘다는 거야?"

다른 말은 하나도 안 듣고 갑자기 두 눈에 쌍심지를 켜는 예린.

지금껏 혁찬의 수많은 대시에도 다 무시하더니 괜히 질투하는 척했다.

"무슨 소리야! 넌 나의 영원한 달빛이야~ 감히 어떻게 가로등에 달빛을 비교할 수 있어!"

자존심 따위는 역시 필요 없는 듯했다.

혁찬의 능글맞은 너스레에 분위기는 다시 밝아졌다.

아예 남자의 자존심 같은 것은 옆집 이사 갈 때 쓰레기통에 버린 헌신짝 취급하는 혁찬.

덩치가 아깝다는 생각이 들었다.

아주 아부가 몸에 제대로 배어 있었다.

"자자~ 다들 준비하고 와~. 예린아, 화령이가 많이 예뻐졌대. 설마 너 그대로 갈 건 아니겠지?"

"무, 무슨 소리야. 걔가 어떻게 나랑 비교나 될 것 같아?"

"민아~ 나 씻고 올게~"

당찬 목소리로 따져 물었지만 예린의 목소리는 살짝 떨리고 있었다.

그에 반해 은근히 기대하는 눈치로 배시시 웃는 혁찬.

남자의 속셈은 역시 알다가도 모를 일이다.

"난 화령이 따위 신경 쓰지 않아."

"오~ 그래?"

"오직 너만을 위해 아름답게 치장할 거야. 기다려! 어디 감히 왕화령 따위와 날⋯⋯."

타다닥.

전쟁터에 나가기 위해 전의를 불태우는 장수처럼 돌아서는 예린이.

다시 자신이 머물렀던 방으로 돌아갔다.

"그럼 나도 슬슬 챙겨 볼까~"

이제는 샌프란시스코에서도 나를 제법 알아보았다.

평상시에도 함부로 돌아다닐 수 없었다.

알게 모르게 시작된 스타로서의 삶.

충분히 즐기면서 살아갈 생각이다.

그 누구도 침범할 수 없는 자유로운 나만의 인생.

'???'

그러고 보니 저만치 떨어진 저택의 기운이 바뀐 게 느껴졌다.

원정을 떠나기 전까지만 해도 별 느낌이 없었던 저택이었다.

'뭐지… 이 찝찝한 기운은… 그사이 누가 입주라도 한 건가?'

제시카와 처음 짐을 풀기 위해 왔을 때만 해도 멀리 떨어진 옆집 저택에서는 수상한 기운 같은 것은 감지되지 않았었다.

'후후, 상관없어. 누가 오면 뭐 어때. 양 도사만 아니면 돼~'

더 이상 세상 두려울 게 없었다.

여긴 자유민주주의 국가, 미국.

설악산이 아니었다.

그토록 사악하고 인정머리 없던 양 도사만 빼고 마음을 열 준비가 돼 있었다.

이 아름다운 동네에서 자유를 누리면서 이웃과 사이좋게 지낸다는 것.

당연한 일이다.

"타깃이 차이나타운 쪽으로 이동하고 있다고 합니다."

"그래? 마침 잘됐군."

샌프란시스코 차이나타운을 점하고 있는 곽 대인을 제거

하기 위한 작업이 소리 없이 진행되고 있었다.

협박과 회유로 며칠 사이 곽 대인의 부하들 중 상당수를 빼돌렸다.

빈틈없이 짜여진 시나리오.

이제 막다른 골목으로 곽 대인을 몰아넣기만 하면 되었다.

이미 주정부 마약 수사팀에 제보까지 넣어 놓은 상태였다.

시간을 두지 않고 곽 대인의 저택이 압수 수색을 당했다.

그리고 가문의 핵심 인물 몇몇이 그 자리에서 체포되었다.

하지만 어떤 식으로 새어 나갔는지 모르게 정보가 새 나갔다.

그 틈에 곽 대인의 행방은 오리무중이 되었고 신변 확보에 실패했다.

"오늘이 하지 축제가 열리는 날입니다. 폭죽이 터지고 용등무가 펼쳐지느라 도시 전체가 소란스러울 것입니다."

"일 보기 좋은 날이군."

당유방은 며칠 사이 용 대인에게 더 바짝 엎드려 개처럼 굴었다.

깨끗이 청소한 만큼 새로 입점할 때 수월할 것이다.

거슬리는 것들은 모조리 쓸어 패기할 생각으로 의욕이

앞서고 있었다.

"비룡루로 올 게 확실하니… 준비해 두겠습니다."

"혼자 오는 건가."

용 대인은 매사 신중하게 일을 점검했다.

사람들이 차이나타운까지 혼자 걸음하는 경우는 드물었다.

"아닙니다. 주신 왕효렴의 손녀 왕화령과 연락을 주고받은 것으로 확인되었습니다."

"그래?"

"도청 내용으로 보아 왕화령이 놈을 불러낸 것으로 보입니다."

"하하, 하늘이 돕는군. 좋은 일이야. 좋아, 좋아."

용 대인의 얼굴에 화색이 돌았다.

그렇지 않아도 왕씨 일가도 눈엣가시처럼 신경이 잔뜩 쓰였던 참이었다.

곽 대인을 정리한 후 적당한 때를 보아 왕씨 일가도 정리에 들어가려 했었다.

살집이 두둑한 부리부리한 눈.

호탕하게 웃는 웃음 끝에 잔인한 미소가 입꼬리에 붙어 귀밑까지 올라갔다.

모든 게 계획한 대로 술술 풀리고 있는 것 같아 흡족했다.

이대로만 일이 마무리 된다면 그 뒤는 급물살처럼 흘러가 줄 것이다.

홍콩을 넘어 샌프란시스코 차이나타운까지 손에 넣게 된다.

오랫동안 꿈꿔온 계획이었다.

그렇게만 된다면 화룡회에서 가장 큰 단일 세력을 구축하게 된다.

곽 대인은 이미 마약 밀매로 엮어 놓았다.

그것을 명분 삼아 당유방을 천거하면 반대하고 나설 자가 없을 것이다.

지금쯤이면 샌프란시스코 차이나타운의 소식이 화룡회에 접수되었을 것이다.

물론 열두 가문도 이를 눈치 채고 대응 준비를 하겠지만 이미 추가 기울어진 마당.

여차하면 화룡회 내란을 일으키고도 남을 정도로 용 대인의 세력은 확장 일로를 달렸다.

"원로님들께도 소식을 넣어 놓겠습니다."

"그렇게 하도록 해. 개 한 마리를 잡는 데도 기술이 필요한 법이야."

몇 년 전부터 자르지 않고 다듬어가며 길러온 수염.

용 대인은 위엄을 살리기 위해 외모에도 신경을 많이 썼다.

선친께서는 똥개 한 마리를 잡더라도 몽둥이질을 잘 해야 고기 맛이 좋아진다고 말씀하셨던 것을 떠올렸다.

소홀이 처리해도 되는 일은 없는 것이다.

용 대인의 손가락이 좀 더 부드럽게 수염을 훑었다.

"완수 후 곧 소식을 드리겠습니다."

"그래……. 그렇게 하도록 해."

"예, 대인 어른."

"지금 우리 청야가 마지막 라운딩 중이야. 기쁜 소식을 함께 받고 싶군."

"명심하겠사옵니다."

용 대인의 시선이 골프 중계 화면에 멈췄다.

오늘은 용 대인의 삶 중에서도 가장 기분 좋은 하루가 될 것이었다.

당유방은 용 대인의 등 뒤에 허리를 조아려 인사를 하고 조용히 방을 빠져나갔다.

청야.

화룡회의 전폭적인 지원을 받으며 골프 천재로 이름을 올린 용 대인의 귀한 딸이었다.

그리고 오늘 US여자오픈 대회 마지막 결승 라운딩을 펼치고 있었다.

첫날부터 괴력을 발휘하며 선두로 나선 손단비를 따라잡은 청야.

앞서거니 뒤서거니 하며 오늘까지 왔다.

이제 마지막 두 사람만 남아 있었다.

예보에 없던 갑작스러운 비 소식으로 오전 경기가 오후로 연기되었다.

오전 중 경기 결과가 나왔더라면 더 좋았겠지만 상관없었다.

까아아앙!

휘이이이잇.

"오오오! 잘 쳤구나!"

마지막 18홀 드라이브 샷을 힘차게 때리는 청야.

쭉쭉 뻗어나간 공이 엄청난 비거리를 보이며 정확하게 날아갔다.

짝짝짝.

현장 카메라가 청야의 모습을 올 풀로 비추고 있었다.

엉덩이를 살짝 들었다 놓은 용 대인은 기분 좋게 박수를 쳤다.

화교 열두 가문 중에서도 가장 인간미 없고 잔악하기로 알아주는 용 대인.

하지만 모든 부모가 자식에게는 한량없는 사랑을 베풀듯 용 대인 역시 청야에게만큼은 최고인 아버지였다.

"손단비라… 넌 아직 안 된다. 흐흐, 우리 청야는… 네 따위가 따라올 수 있는 그런 아이가 아니지. 흐흐흐."

용 대인에게 있어 세계 최고의 프로 골퍼인 딸 청야.

청야 다음 티샷을 준비하는 손단비가 화면을 채웠다.

다소 피곤하고 긴장한 듯한 표정이다.

용 대인은 내심 청야의 승리를 예감했다.

오늘 샌프란시스코 차이나타운에서 벌어질 또 다른 전쟁의 승리처럼 말이다.

"미련한 녀석. 그토록 주의를 주었건만……."

오늘도 죽을 자리를 봐 놓고 집을 나서는 제자.

부우웅.

살짝 거리를 두고 서 있는 고급 저택 두 채.

저택 대문이 열리고 운전기사를 비롯해 세 명의 젊은 청년들이 한 차에 올랐다.

그리고 이내 빠른 속도로 저택을 벗어났다.

미국에 건너온 지도 며칠 되었지만 아직 제자와 재회하지 못하고 있는 설악산 큰도사.

하나부터 열까지 다 신경을 안 쓸 수 없는 제자를 지켜보고 있으려니 속이 답답해 왔다.

3년이란 시간을 더 내어 공을 들였건만 허사였다.

대형 통유리 앞에 조용히 팔짱을 끼고 서서 멋모르고 집을 나서는 강민 일행을 바라보았다.

오늘은 전날과 달리 화복 차림을 하고 있었다.

회백색 옷감에 이렇다 할 무늬도 없는 평범한 중국 전통 복장.

　샌프란시스코 차이나타운에서 자주 마주치는 화교들의 일상적인 옷차림이었다.

　"오늘만 무사히 보내면… 되는 것을… 쯧쯧쯧."

　노신사는 착잡한 표정을 지었다.

　그간 제자 강민에게는 유년 시절에 감당해야 할 흉살의 기운이 강했었다.

　완벽하게 감춰져 있었던 것이라 겉으로 드러나지 않는 듯하였으나 근래 몇 년 동안은 마음을 놓아 본 적이 없을 만큼 큰 걱정거리였다.

　곧 그 기운이 사라진다.

　오늘이야말로 삼살의 회동을 막을 수 있는 마지막 날이었다.

　"네 힘으로는 아직 부족하구나……. 어찌하누… 끌끌."

　3년 전부터 시작된 흉살.

　본래가 들어오는 것은 막을 수 없지만 나가는 것은 준비를 해 잘 갈무리해야 한다.

　그러기에 제자는 아직 준비가 미흡했다.

　아직 해가 남아 있었다.

　쭉 뻗은 도로를 거침없이 달리는 차를 바라보며 잠시 그대로 서 있었다.

"슬슬… 나도 가 볼까…….."

스르르릉.

화복 차림의 설악산 출신 도사는 조용히 묵직한 통 창문을 열었다.

그리고.

두둥실.

가볍게 몸을 뛰었다.

마치 잘 닦여진 길이나 수면 위를 걷듯 허공을 밟고 올라가는 듯했다.

휘리리리링.

샌프란시스코 만을 따라 불어오는 강한 바람 길을 안내하는 것처럼 몸을 더 가볍게 띄웠다.

파라라랏.

잠시 화복 끝자락이 바람에 언뜻 스치는가 싶더니 이내 눈앞에서 사라졌다.

저물기 시작하는 샌프란시스코 만의 석양 속으로…….

『마스터 K』제21권에 계속…

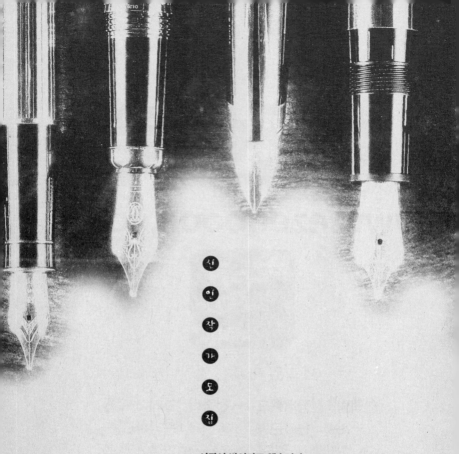

신
인
작
가
도
집

시작이 반이라고 했습니다.
작가의 길에 대한 보이지 않는 벽을 과감히 깨뜨리십시오!
청어람은 작가 지망생 여러분들의
멋진 방향타가 되어드리겠습니다.

저희 도서출판 청어람에서는
소설 신인 작가분들을 모집합니다.
판타지와 무협을 사랑하시는 분들의 많은 참여를 바랍니다.
소정의 원고(A4용지 150매)를 메일이나 우편으로 보내주시면
검토 후 출판 여부를 알려드리겠습니다.

주소:경기도 부천시 원미구 심곡2동 163-2 서경B/D 2F 우편번호 420-822
TEL:032-656-4452 · **FAX**:032-656-4453
http://**www.chungeoram.com**
e-mail:chungeoram@chungeoram.com

백미가 新무협 판타지 소설

FANTASTIC ORIENTAL HEROES

천선지가

불의의 사고로 죽은 청년 이강
그를 기다린 것은 무림이었다!

어느 날
그에게 찾아온 운명,
천선지사.

각인 능력과 이 시대엔 알지 못한 지식으로
전생에서 이루지 못한 의원의 꿈을 이루다!

『천선지가』

하늘에 닿은 그의 행보가 시작된다!

Book Publishing CHUNGEORAM

유행이 아닌 자유추구 -
WWW.chungeoram.com

FUSION FANTASTIC STORY
건(建) 장편 소설

컨트롤러
Controller

세상에게 당한 슬픔,
약자를 위해 정의가 되리라!

『컨트롤러』

부모님의 억울한 죽음,
더러운 세상에 희롱당해
무참히 희생당한 고통에 분노한다!

"독하게… 살아가리라!"

우연한 기회를 통해 받은 다른 차원의 힘.
억울함에 사무친 현성의 새로운 무기가 된다.

냉정한 이 세상을 한탄하며,
힘조차 없는 약자를 대변하고자
내가 새로운 정의로 나서겠다!

Book Publishing CHUNGEORAM